富而喜悦

创造顺流人生的13个锦囊

唐乾九 著

山西出版传媒集团
山西人民出版社

图书在版编目（CIP）数据

富而喜悦：创造顺流人生的 13 个锦囊 / 唐乾九著．-- 太原：山西人民出版社，2023.10
ISBN 978-7-203-13019-2

Ⅰ．①富… Ⅱ．①唐… Ⅲ．①纪实文学－中国－当代 Ⅳ．①I25

中国国家版本馆 CIP 数据核字（2023）第 161146 号

富而喜悦：创造顺流人生的13个锦囊

著　　者：唐乾九
责任编辑：吕绘元
复　　审：刘小玲
终　　审：李　颖
装帧设计：富而喜悦品牌部

出 版 者：山西出版传媒集团·山西人民出版社
地　　址：太原市建设南路21号
邮　　编：030012
发行营销：0351-4922220　4955996　4956039　0351-4922127（传真）
天猫官网：http://sxrmcbs.tmall.com　电话：0351-4922159
E-mail：sxskcb@163.com　发行部
　　　　sxskcb@126.com　总编室
网　　址：www.sxskcb.com

经 销 者：山西出版传媒集团·山西人民出版社
承 印 者：晋中市美琳印务有限公司

开　　本：890mm×1240mm　1/32
印　　张：7.25
字　　数：150千字
版　　次：2023年10月　第1版
印　　次：2023年10月　第1次印刷
书　　号：ISBN 978-7-203-13019-2
定　　价：59.00元

自　序

我是唐乾九，大家喜欢称我九哥，是时空流沙盘、富而喜悦明日之星青少年沙盘的创作者。

当初因为看到一位大学生因裸贷无力还款跳楼自杀的新闻，萌生了我通过寓教于乐的方式为人们传递六商（财商、情商、逆商、玩商、觉商和健商）的想法，没想到后来时空流沙盘这么受欢迎，用户触达数十个国家和地区，产品被翻译成了 11 种语言。我们甚至还在训练营中开设了同声传译频道来支持海外用户学习。

时空流沙盘从一开始的默默无闻，开设训练营每次只来几个人，差一点 5 万元卖掉版权，到现在单期课程有数千人来学习，我到底做对了什么？比起做事情的策略，我觉得心法才是最重要的。因为策略可以千变万化，不断更新，但是心法是不变的。只有提炼出哪些不变的东西，才能更好地应对这个多变的时代。

随着时空流沙盘影响到越来越多的人，我产生了把创造时空流的一些心得与人分享的冲动，于是就有了本书。

从另外一个面向来说，本书是时空流的延伸。本书的内容，你可以把它理解为我对创造时空流的复盘和总结。

阅读本书时，你可以像对待一个老朋友跟你分享他的人生心得一样，沏一壶茶，我就坐在你的对面，一起探讨人生。

13 个锦囊，你可以按照顺序阅读，也可以随意翻阅。如果想要让锦囊发挥更好的效果，最好的方式是组建一个践行小组，邀请朋友和你一起去践行锦囊的内容。

非常感谢时空流用户和来自世界各地的时空流教练对本书的大力支持。在一些章节，我还把一些用户的来信放了进来，希望他们的故事，能够让你在财富觉醒营的旅程中得到一些启发和力量。

感谢天赋原动力创始人罗杰·汉密尔顿和情绪大师赖瑞·吉尔曼的大力推荐。

最重要的是感谢我的太太和两个可爱的孩子，是他们为我提供了创作的灵感和源泉。

地球就是一个超级游乐场，希望你每一天都富而喜悦！

唐乾九

目　录

第一章　觉醒之旅

002 走出大山
004 海外求学
011 一生何求
014 精诚所至，金石为开
017 将富而喜悦文化带到全世界

第二章　财富秘密

024 财富迷思
026 财富本质
029 财富公式

第三章　财富之流

043 诸事不顺的逆流层
048 平平淡淡的平流层
050 富而喜悦的顺流层

第四章 经营你的财富花园

060 创造财富的两种方式
064 打造事业的财富花园
068 打造家庭的财富花园
078 诚实面对自己的财务状况
082 制定你的财富战略

第五章 创造顺流人生的 13 个锦囊

091 锦囊一：找到天富
104 锦囊二：设定目标
114 锦囊三：强化感觉
125 锦囊四：注入渴望
134 锦囊五：制订计划
142 锦囊六：快速行动
150 锦囊七：检视优化
158 锦囊八：踩好节奏
165 锦囊九：把握时机
170 锦囊十：做对决定
178 锦囊十一：吸引贵人
185 锦囊十二：预演人生
196 锦囊十三：玩得开心

第六章 财富回流

206 打造畅通无阻的财富管道
210 做一个纯粹的给予者
213 做一个纯粹的接受者
217 心怀感激
219 发现奇迹

后 记　224

第一章

觉醒之旅

我是大山里长大的孩子，祖祖辈辈在这里繁衍生息。大山给我以力量和胸襟，教我学会攀登与求索，可我知道，终有一天我会走出这座大山，走向更远的未来；我也知道，终其一生我都走不出这座大山，只因它承载了我生命的厚度。

走出大山

我出生于贵州一个偏远的山村。回忆儿时，首先浮现在我脑海中的画面，是一间条件非常简陋的教室。

墙壁已经掉了漆脱了皮，黑板似乎永远也擦不干净，课桌椅在晃动的时候会发出吱吱呀呀的抗议声，这不是回忆的滤镜，而是我对那个年代自己求学的地方的真实回忆。我没有在课桌上刻过“早”字，也没有因为学习废寝忘食到蘸着墨水吃馒头，可我也将“天道酬勤”和“读书改变命运”奉为人生指南。

儿时的我，实在太渴望走出大山了。

小学四年级时发生的一件事情，把我平静的生活打乱了。我曾经的玩伴——一位年仅 14 岁的少年辍学为人父了，这种震撼至今都让我难以忘怀。我看到身后背着孩子的他，脸上有着不该属于他这个年龄男孩的沧桑，有着认命般的麻木，我一句话也说不出来。这就是山里人的人生吗？我问自己。早早辍学，娶妻生子，种田养家，再让孩子重复这样的人生吗？或许每个选择留在山里的人都不觉得有什么不好，但我心有不甘。

我透过家里的黑白电视，渴求地探索着山外面的世界。我看到城市高楼林立，车水马龙，窗明几净的教室和让人大饱眼福的美食……我知道吸引我的并非城市本身，而是它带来的，我从未领教过的人生体验。好奇心打开了我心里的一扇门，装进冒险精神和更多的想象力。大山对我似乎不再有吸引力，我极其渴望离开它，去寻找一片更加广阔的天地。

我庆幸自己做出的第一个选择是努力学习。

当我的成绩从班级后几名一路飙升到前几名的时候，我看到老师和同学们对我的刮目相看，可他们不知道的是，当时的我并不是为了那张红榜上最前面的位置，而是将来能在大山之外为自己博得一席之地。就这样，我作为“学霸”和“别人家的孩子”一直到高中都名列前茅。从最初不甘于此生禁锢在大山中的“觉察”，到为了考上大学做出的改变，我咬牙坚持了整整 8 年。这期间没有任何一次放弃，小到一次次测验，大到一场场模拟考试，我拼尽全力，为了心里的目标从不觉得辛苦。我还记得那时候自己最快乐的事，就是看着地理课本幻想，想象着终有一天能目睹非洲的动物大迁徙，触摸法国埃菲尔铁塔，看到北欧的极光，踩上澳洲黄金海岸的沙滩，以及摸一摸万里长城的条石和青砖。

很快，我的愿望就实现了。

我以全县第二名的成绩考上了北京的一所重点大学，也是村里第一位考上重点大学的孩子，我的身上被加诸了很多期待。

亲友们对我能走出大山感到欣喜，同时也担心。

“混不下去就回来，”他们这样告诉我，“山里什么没有哇！”是啊，大家凿井、种地、圈养牲畜，在大山的包容下，似乎一切已能自给自足。我没有回答，心里的声音在告诉我，我一定会爱上外面的世界，我不会再长久地伫立在这座山上了。

海外求学

来到北京上大学，虽然让我跳出了大山里的循环，却也让我觉察到，我进入了另一个循环。那便是毕业之后找一份工作，然后结婚生子。这与从前的循环——辍学种地、结婚生子——在某些环节上确有不同，但没有根本性的改变。这是我第二次深刻的“觉察”，推翻了那句一路支撑我的座右铭。在这里我不否认“知识改变命运”的力量，自己甚至就是一个活生生的例子，之所以推翻了内心的秩序并决心开始重建，是因为我对自己的要求随着知识储备和见识的增长，发生了变化。

那时候我在学校的图书馆勤工俭学，得益于这份兼职，我有机会涉猎不同类型的图书，而关于财商类的书籍，打开了我新世界的大门。

我开始觉察到，学校虽然教给了我们各个学科的知识，为我们奠定了接收信息的基础，但没有告诉我们如何处理与金钱的关系，如何实现自己的梦想，如何让自己的选择不受困于金钱、资源。

我徜徉于图书馆，觉得自己仿佛站在了巨人的肩膀上，聆听着各种传奇人物的教诲，觉察着身边的每一个机会，可是作为一名学生，我没有时间，没有人脉、能力，也没有钱去改变现状，只有一颗走向觉醒的脑袋和一颗渴望改变的雄心。

冥冥之中我好像向宇宙下了一份“订单”：请给我一个明确的方向，好让我朝着目标前行！

而宇宙对我的回应，便是让我遇到了我人生中非常重要的一位导师。

当时我们学校食堂门口的海报栏里贴了一张他的海报，或许真的是缘分，我平常很少关注海报栏，那天经过海报栏的时候我恰好瞄了一眼，在众多的海报中，我被这位导师的海报吸引了！

站在海报前我久久不想挪步，脑海中出现了一个声音，它告诉我：他是为我而来！

请不要打断我的幻想，也不要嘲笑我的自我意识过剩，因为就是这个“自恋”的声音，让自己有勇气决定去参加这门 6800 元的课程。

你能想象得到吗？这只是个视频课程，比我大学一年的学费还要高！

我坚信这是宇宙对我所下“订单”的回馈，即便这个价格足以让那时的我拒收。

我庆幸自己没有拒收，而是疯狂地做兼职，又找同学东拼西凑，终于凑足了学费。

多年后，当我回顾这段经历时，我想，若当时的我拒收了这份回馈，以后再次向宇宙下“订单”，会不会再也没有回应了呢？

短短几天的课程上完了，我并不满足，我渴望学到更多，渴望能零距离地向他学习，成为他真正意义上的学生。我有一肚子的问题想从他那里找到答案，觉察到他是一个能给我方向的人生导师，我怎么能轻易放过呢？

一段新的旅程又开启了……

我了解到，他将要在澳大利亚开线下课程，我下决心去参加！

这一次学习的综合费用高达6万元，对我来说实在是遥不可及。我都能想象得到如果我告诉家里想去澳大利亚上课的情形，母亲一定会说：“你被骗了！”

但此时的我比从前任何时候都更坚定，我知道如果不去自己会后悔一辈子！

从前那股铆着劲儿学习的精神又被我唤醒了，我发誓要在半年时间内赚到学费，靠自己赢得前往澳大利亚学习的资格。

我做了很多尝试，从中关村倒腾数码产品卖给学生，到一家日本公司组装半成品摄像头，在图书馆加班，我赚钱的任督二脉好像突然被打通了，而我也精打细算，每天吃饭不超过 5 元，中午二两米饭加青菜，配上从家里带来的油辣椒，感受着奋斗带来的幸福和喜悦，求知的渴望远远超过了我对美食以及安逸生活的渴望。

为了监督自己，我还找到其他五个也想去参加线下课程的同学，我们互相鼓励，成立互助支持小组，约定好共赴黄金海岸。

后来，实现了这一目标的只有我和另一个朋友。我还记得，我们两个人在中央民族大学旁边的肯德基店里，写下了各自的承诺书。那时候的我写道："如果我无法达成赚到 6 万元去参加课程的目标，我就去长城裸奔。"

2007 年 4 月 20 日，我带着起早贪黑赚来的学费，踏上了第一次海外求学之旅。

没想到看似无法达成的目标，居然真的实现了。我站在人来人往的首都机场 T2 航站楼，心潮澎湃。

回想着过去半年自己打工赚钱的经历，回想着自己准备资产证明办理签证的坎坷过程，我为自己感到骄傲，喜悦的心情无以言表。

为期六天五夜的紧张学习开始了，因为预算有限，我每天都吃麦当劳，并且提醒自己：一天就是 1 万元学费，必须把老师说的每一个字都听进去，必须比平时更努力、更用功才行！ 我恨不能把一天过成 48 小时，一节课听个百八十遍才能平衡！

事实证明，我没有辜负自己，我很认真地听老师分享他如何在人生中获得喜悦，如何获得自己想要拥有的一切的经验。

这一次的旅程，我不仅学到了课程内的东西，还学到了很重要的一课，那就是在准备去学习的过程中我的体验，即在这体验中的累积和收获。

我很感激这段经历让我知道了，一个人只要对自己的目标足够笃定，并且愿意付诸行动，在行动中调整和优化策略，那么这个目标一定会实现，问题只是时间的长短而已。 这远比任何书本上教的道理来得深刻。 带着这份笃定，我在后来的人生当中，每一次尝试前，也都坚定不移地相信我能够实现目标！

人的视野和格局一旦被打开，就再也回不到原来的状态，在持续不断的学习成长旅程中，我遇到了生命中最为重要的一位导师赖瑞 · 吉尔曼。 我何其有幸，在求学的路上很多老师对我启发非常大，他们在某些时间节点上让我突破了自己的思维局限，让我获得新的知识，但是我认为对自己影响最大的人是赖瑞 · 吉尔曼。

我们相识的时候，他已近 70 岁，他一眼就看到了存在我身上的“防御感”。 这种“防御感”源自我人生曾经遭遇过的一个大逆流，那之后，我便不知不觉地将自己的心封闭了起来。我以为自己达到了“不以物喜，不以己悲”的境界，我甚至把它当作自己为人处世的基本准则。我认为，当我对周遭发生的任何事都没有情绪了，是一种很好的“修炼”，直到赖瑞·吉尔曼点破我。

他说：“人活着就是要呼吸啊，痛的时候要知道痛，该笑的时候笑，该哭的时候哭，要生气的时候就大骂，把情绪发泄出来啊！因为情绪是人类生命的重要组成部分，如果一个人的情绪被压抑，他的生命就会被‘卡住’，最终都会形成疾病，透过身体表现出来。”在他的帮助下，我尝试打开自己，理解了“处变不惊”其实是对情绪最大的负累，所以开始尝试去跟自己的情绪相处，积极地表达和绽放自己，让自己活成一个鲜活的生命。想通了这一切的我惊觉，原来我要寻找的那个自己，其实就是曾经生活在大山里的我啊！就是那个为爬上一棵树而雀跃，为打回一桶水被母亲表扬而满足，为过早辍学的伙伴心痛的我啊！

我无比感激赖瑞·吉尔曼。渐渐地，我们两个人越来越熟悉，我知道了他曾经在好莱坞做演员，参演的一部影片还获得了奥斯卡提名，后来在百老汇做导演，训练演员如何在镜头前释放自己的情绪，透过表情和动作极致地去表达自己、去塑造角色，他甚至总结了一套科学的训练方式，教人们如何突破自我。于是，学习结束之前，我与他约定，将来的某一天，等我的实力足够强大了，一定邀请他来中国讲课。

短短的学习之旅结束了，而我的学习之路没有终点。

回国后不久，我就开始积极筹备如何将赖瑞·吉尔曼请来中国讲课，我对此充满信心。我想，他让我获益良多，一定也能帮助更多的人，我没理由不促成这么好的事情。

当准备得差不多的时候，我开始跟赖瑞·吉尔曼联系，说我们的约定可以履行了，他表示非常不可思议。他告诉我，其实他心里并不觉得我能够做成这件事，他之所以一口答应下来，是怕浇灭了一个年轻人的希望，曾经有七个人分别邀请他来中国讲课，最终都没有达成。我是其中最年轻的一个，也是他最没想到的一个。

我此时此刻对他心怀感恩，感恩他没有打击当时那个初生牛犊不怕虎的我，才让自己最终有能力促成了他的中国行。

在我的积极筹备下，赖瑞·吉尔曼来北京举办了两次授课，效果都非常好。

让我记忆犹新的是，踏上中国土地的他，像极了刚刚到了澳大利亚的我，我们都觉得新奇又不可思议。赖瑞·吉尔曼来到我为他准备好的教室，整个人似乎还没有回过神来。他讲了哥伦布发现新大陆的故事，告诉在座的学员："你们知道吗？乾九就是这个时代的哥伦布，他是个开拓者！"至今，那种感动还回荡在我的胸腔里。当一个人被认可、被看见的时候，那种力量无法用言语形容。

我和赖瑞·吉尔曼的信任就这样建立起来了，我在他身上看到了大师的深度与广度，他对我频频说起我为他带来的希望。赖瑞·吉尔曼第二次来北京时，给我带来一瓶他在自己酒庄亲自酿制的葡萄酒，而我在课后安排时间陪他游览了北京胡同，为他讲述北京的风土人情。我们以朋友的方式相处，不再是老师和学生，而是能够分享彼此喜悦的朋友，这使我异常感动。

这让我开始有了一些思考：很多时候，人们总想着去认识比自己更厉害的人，想与他们成为朋友，有人甚至不惜使出各种手段。实际上，想要和比你厉害的人交朋友，首先要看自己有没有能力帮到对方，只有这样，才能成为旗鼓相当的朋友。

几年过去了，我和赖瑞·吉尔曼没有再见面。让我感动和欣喜的是，在我太太生下宝宝的那一年，我收到了一个从美国寄来的包裹，打开后发现是赖瑞·吉尔曼送给孩子的礼物和祝福。

当时我就在想，自己该如何在孩子能听懂的时候，告诉他这份礼物来自赖瑞·吉尔曼，该如何向孩子讲述他与我这个从穷乡僻壤闯出来的小伙子的神奇故事。大概需要到他也对人际交往有一些自己的认知之后吧。

一生何求

从大学开始，我参加了各种各样的课程，不断地学习提升，也常常进行自我观照。我始终在思考，是什么促使人们去改变？人们终其一生追求的到底又是什么？

我看到有的人一辈子忙忙碌碌，消耗了大量的时间和精力，诚然也换来了金钱，却无福消受。

我还看到有的人勤勤恳恳工作，感念着“天道酬勤”，但是付出远远大于回报，日子过得十分清苦。

当然还有人虽然过得很平淡，但也能从生活中找到乐趣，只是这种快乐经不起什么风浪，往往也持续不了太长时间。

我真的很希望自己能找到我们每个人这一生追求的到底是什么。

这个问题伴随我很长时间，无论我去哪个国家、哪座城市，无论我遇到什么行业、什么处境的人，我都在观察和思考，渐渐地我开始尝试将人们的生命状态做划分，这时我发现自己的思路清晰了很多。尤其是在一次新加坡之旅后，我受到了非常大的启发。

我参加了一个活动，其中有一个冥想环节，要求每位参与者思考自己这辈子要为这个世界贡献什么。我带着这个思考，进入了冥想状态。

自改革开放以来，中国经济一路突飞猛进，很多人虽然追求到了金钱，但也在追求金钱的过程中迷失了自己。我想起改革开放的总设计师曾经说过，让一部分人先富起来，先富带动后富，最终达到共同富裕。正是因为伴随着这样的使命和愿景，中国才实现了飞速发展，而处于新时代的我们，在物质生活越来越充沛的今天，我们要为世界贡献什么呢？

这个时候，一个词突然蹦到了我的脑海里，那就是“富而喜悦”。

这种感觉就像是突然间发现了新大陆，又像是被幸运女神眷顾中了彩票头奖，还像是一不小心窥探到了天机一样，总之，我觉得全身的血液都因此而沸腾了。

我想，这种感觉不亚于居里夫人发现了镭，爱迪生发明了灯泡！“富而喜悦”四个字进入我的脑海，给了我一种新的思路，也给了一直盘旋在我脑海中的问题一个终极答案！

我意识到“富而喜悦”这个词有多么贴切！人类终其一生在追求的，不就是外在的富足和内在的喜悦吗？它是对精神文明和物质文明的极致表达！

同时，我脑海中浮现出四个象限，分别代表着人类生命四种不同的状态：

第一种是穷而痛苦——指的是既没有钱也过得不快乐的状态。

穷而痛苦的人在社会中占大多数，因为财富掌握在少数人手中，大多数的不快乐是因为钱的匮乏而导致的。

第二种是穷而喜悦——指的是虽然物质条件不高，但是内心很满足喜悦。

穷而喜悦的人大概都生活在与世无争的地方，不需要为了生计奔波，一个人吃饱全家不饿，也不需要为各种社会成本买单。看到这里也许你会觉得，这样也很好啊！没钱又怎样，内心满足喜悦就够了啊！可是你要知道，这样的状态经不起任何逆流，但凡生活遭遇一点变故，人生就会变成事故。

第三种是富而痛苦——指的是经济条件非常优渥，但是过得不开心的人生状态。

我曾遇到过这样的朋友，在外人看来他一世无虞，却患上了抑郁症，连睡一个完整的觉都很难。还有的人家庭不和谐，有钱却十分孤独……这就是为什么我们会看到市面上很多心灵成长的课程格外火爆，尽管学费十分昂贵，人们却趋之若鹜，因为课程的核心受众就是那些拥有财富心里却很痛苦的人，他们想为自己的心灵找一个出口。

而这个出口就是第四种人生状态——富而喜悦。

富而喜悦可以检验你正在做的一件事、一份事业到底有没有让你得到物质富足的同时实现内心的喜悦，它是一个非常重要的标准。

我不但将它概括成了一个理论模型，而且还找到了将它落地实践的方式，让人们真正拥有将物质世界经营得富足的同时调节精神世界越来越喜悦的能力，即创造的能力和调节心理状态的能力。

精诚所至，金石为开

将富而喜悦的理念在现实生活中落地的方式是什么呢？那就是时空流沙盘。

从古至今，军事部署都要进行沙盘演练。沙盘演练的好处是通过模拟真实的作战场景，提前做好部署和规划，把错误犯在沙盘里，把智慧带到沙场上。

行军打仗可以用沙盘推演来提前规避损失，如果我们的人生也能通过沙盘来预演，是不是就能少走很多弯路，更快进入富而喜悦的顺流人生呢？这正是我创作时空流沙盘的初心。

大学毕业后不久，我便投身时空流沙盘的打造，其间也曾动摇数次。

曾经的同窗，有的人短短几年就已经年薪百万，同学聚会时侃侃而谈。我也问过自己，如果当时自己也选择安安稳稳找一份还不错的工作，努力晋升，如今是不是也能拥有这样的生活？ 很快我就否定了自己。

“稳定”这个词让我想起了大山里的循环，想起城市里的循环——我始终不愿意跳入这种循环。 于是，我继续闷头构思我的时空流沙盘内容和架构，为富而喜悦理念添砖加瓦。

然而，黎明到来之前往往都是无尽的黑暗，我的创业之路也经历过很长一段时间的逆流。可我一直坚信，在看不到曙光的时候，正是老天考验你的时候，考验你的意志和信念够不够坚定，这件事到底是不是你真心要做的。

还记得时空流沙盘刚设计制作出来的时候，我很兴奋，带着成品去宝岛台湾，想测试一下市场的接受度。 因为在当时的台湾，文创桌游项目比较热门，我希望能够得到一些来自成熟市场的最直接反馈，于是我找到了那边的合作伙伴，在她们的配合下开展了两次课程，但是效果并不如预期的那样理想，第二次开班人数远不如第一次。

我一度陷入了深深的自我怀疑，我不停地问自己，时空流沙盘是不是还不够好？我是不是根本没有找到受众的需求点在哪儿？ 就连合作伙伴也告诉我，这条路走不通，因为课程定价 6980 元人民币太贵了，没有人会愿意支付这笔学费。

合作伙伴建议我不如将时空流的版权卖给她们，由她们来推广运营，也避免了所谓“水土不服”的麻烦。 心灰意冷之下，我接受了这个建议，跟她们签订了 5 万元售卖时空流版权的合同，劝说自己就当此行作为宝岛几日游，放松心情回去吧！ 然而 3 天之后，合作伙伴又联系我，告诉我她们后悔了，觉得 5 万元的收购价格太贵了。

我脑海中响起了一个声音，它说：“不要再贱卖自己的创意了！想把富而喜悦理念发扬光大的人是你，而不是将它仅仅当作桌游来玩的人，你应该担负起责任！” 那天，我果断终止了与她们的合作关系，二话不说把 5 万元退给了她们，也因此，富而喜悦文化得以完整地保留下来，世界各地的学员也会不断地加入进来，也让我看到了台湾市场其实有绝对的消化能力！

当时其实十分绝望，值得庆幸的是，我守住了内心的那份坚持，没有忘记自己从哪里出发，目的地又在哪里。正因这份坚守，今天，我们才能这样相遇；今天，富而喜悦理念、时空流沙盘已经触及数十个国家和地区，翻译成 11 种语言，时空流沙盘直接和间接影响的人已经有数百万。

“精诚所至，金石为开”，这件事让我更加坚定了这样的信念！ 坚持、坚定，不忘初心和使命，随时调整自己的策略，最终都能走出逆流，走向心里那座大山的顶峰！

如今，回首往昔，我满怀感恩，感恩当时的两位合作伙伴，两位温暖又优秀的女士。那一次的合作虽然没有成功，但是她们助力我早早就完成了在台湾时空流版权保护的法律程序，并因此升级了富而喜悦的架构，才有了今天时空流的全球授权发展。

在人生中，你走的每一步都算数。

种子已经种下，终会破土而出。

将富而喜悦文化带到全世界

自从我带领团队确定了将富而喜悦文化带到全世界的愿景之后，越来越多的人走到我身边来。

有的伙伴哪怕早已实现了财富自由，成为成功的企业家，自己的企业规模也很大，但他们依然选择投身富而喜悦事业，只因想帮助和影响更多的人，并非为了赚钱本身；有的伙伴是宝妈，想成为时空流教练，改变自己，成为孩子的榜样，然后影响更多的妈妈变得富足喜悦； 有的伙伴是从事几十年教育工作的成功导师，他们也一起分享富而喜悦文化，希望自己的学员在觉醒的路上走得更快更远； 还有的伙伴来自不同的国家和地区，因富而喜悦文化相聚在一起，畅聊未来，彼此启发。富而喜悦文化致力于每个人的成长和改变，让人们把人生经营得更美好！

当我们真正为他人、为社会做创造价值的事情的时候，财富是必然的结果。我和时空流教练，还有合作伙伴，在携手前进的路上，一起将工作变得有意义，将生活变得有趣，启发更多的人打开思路，过上富而喜悦的生活。

我想，我这一生的使命，就是让“富而喜悦”四个字扎根于每个人的心里，希望所有人都能意识到，你来到地球这个游乐场，值得体验更好的人生，尽情盛放！

随着年龄的增长，我对“富而喜悦”的理解更加深刻了，在这个过程中我也总是想起家乡的大山。 小时候总想着离开，长大了却无不感受到大山对我的影响。

大山是那么富足，不管沧海桑田如何变换，风起云涌几多莫测，它巍然屹立，拥抱阳光，拥抱每一个它孕育的生命，教会人们要靠自己创造生活的富足，拥有广阔的视角与喜悦的内心。

为人父之后，我越发希望有一天我的孩子也能感应到自己与大山的联结，并为此心存感激，常怀感念。

只有我们的下一代越来越好的时候，人类社会才会有更美好的未来，而我认为，培养下一代，不容忽视的就是财商和逆商。

关于这一点，现在无论在哪个国家和地区都非常缺失，即使有，内容也比较晦涩难懂，对于没有金融知识的民众来说，无法做到一听就懂，更何况是孩子呢?

最初在创作时空流的时候，我考虑先从培养青少年的财商入手，但是后来发现即便孩子们已经树立了正确的金钱观和价值观，如果家庭、社会还没有形成良好的风气，其实不会对青少年产生根本性的改变。

因此，我才觉得要先从成人的财富教育切入，只有家长的思维模式改变了，孩子们才会改变。

值得欣喜的是，已经有很多家长带着孩子一起来参与时空流沙盘推演，孩子们在很短的时间内发生了巨大的改变，比如找到了学习的动力和热情、改变了对学习和金钱的态度等。特别是青少年版本的沙盘，启发孩子们找到学习的源动力，提前为自己 20 岁时的人生做规划。

短短几年，有不少家庭和个人因为时空流沙盘和富而喜悦文化受益：家庭关系更和谐了，自我觉察也更敏锐了，还学会了如何创造财富，实现逆风翻盘。

基于我这一路走来的经历和体悟，我把这其中的精彩分享给你，希望在今后的人生当中，你也有机会去观照自己的觉察，从而让改变发生。

每个人都值得拥有富而喜悦的人生，但是前提是你开始觉醒。

接下来，我将带着你，一步一步地去探索关于财富的秘密、真相、本质和规律，我还会送给你 13 个锦囊，让你知道通过采取哪些正确的步骤和策略，让改变发生——而且是发生在正确有效的轨道上面。当你迷茫无助，当你不知道改变、如何改变自己时，随手翻阅一下这些锦囊，也许就会给你带来启发。

让我们开始这趟财富觉醒的旅程吧！

时空流用户来信
第 01 封

From: 李馨翎

To：九哥

城市：加拿大多伦多　　身份：单亲妈妈

《富而喜悦的秘密》中的一句歌词“一切发生不是意外，只是上天的指引”，让我非常感动。我知道神为我安排了这场遇见，从觉醒营中获得美好的觉醒与力量。我从完全不清楚状况，傻乎乎地报名参加，没有太多的期待，到由于我的好奇，让我从觉察到觉醒。我一直知道自己该改变的是什么，但在参加课程之前，我就是改变不了，神奇的是我在课程中找到了开关，让改变变得轻而易举，在我的生活见证了许多奇迹。

曾经九哥的一句“你的伴侣是你的资产还是负债”，让我察觉到我没有感恩伴侣带来的不同，那是一个让我可以觉醒的机会，但我没有认真对待，我在婚姻里挣扎与痛苦，后来选择离婚，让对方很痛苦。

我觉察反省自己，即使已经离婚7年，对方也再婚了，我愿意为我过去做不好的部分做出调整，由衷感谢对方在婚姻期间的付出，让我们能放下过去，彼此感谢，重新建立一个更好的关系，成为女儿最好的父母。因为发自内心地感恩与沟通，奇迹般地把前夫经营成资产，他从不支持到愿意投资让女儿到加拿大求学，实现了我的第一个梦想，让女儿能体验不同的环境，未来能有更多的选择机会。

接触时空流的一年后，我和90%符合伴侣清单的外国人结婚了，一位喜欢做菜、会做家事，每天让我笑，有共同信仰，愿意一起成长、彼此支持的灵魂伴侣。他放弃在欧洲的工作，飞来加拿大与我和女儿一起生活，经营温暖有爱的家庭。

感谢九哥和苓馨营长用生命经验影响我们的生命，让我们有力量创造生命奇迹，持续拥抱幸福！

再次感谢九哥分享富而喜悦文化，让我从冷若冰霜、不想同理，没有温度的冷漠女人，变成温暖可爱又有智慧的女人。

第二章

财富秘密

财富迷思

如果你是一个带着觉察生活的人，可能会对一些耳熟能详，甚至是司空见惯的话语提出质疑，比如人们常说的“勤劳致富”。乍一听这个词没什么问题，但是仔细想来却不是如此——勤劳未必能致富啊！否则怎么会有那么多辛苦努力的人财务却一塌糊涂呢？相反有些人轻轻松松就把钱挣到手了。

显然，我们能不能赚到钱，跟勤劳其实没有必然的关系。当然，我也不是说你干脆放弃努力，我只是告诉你“勤劳致富”这个词在逻辑上的漏洞。

我在很小的时候就对此有了自己的思考，因为那时身边就有一个生动的案例。

我的老家有一种经济作物叫竹荪，可以以很高的价格卖到城里去，于是就有几户有先见之明的农民，开始搭建大棚，种植竹荪。但大多数人都没有种，因为需要投资大棚和竹荪种子。

不过两三年的时间，我家邻居就因为种植竹荪赚了几十万元。想想看，这可是 20 世纪 90 年代，一个农民家庭有几十万元的收入，是非常富裕的。

很快，邻居一家就从村里搬到城里，这给了当时的我一个不小的冲击。

我忍不住想，为什么同样付出劳动，同样日复一日下地干活，只因为大家选择种植的农作物不同，收获的结果竟如此天差地别？

后来我到了北京上大学，看到了类似的情境——同样一份工作，不同的人去做收入差距也非常大。为什么大家每个月工作的时间相当，但是有的人月入几万甚至几十万元，有的人才几千元呢？

我在寻找品牌设计合作的时候，这种差异更加明显。有的品牌顾问提供的包年服务只需要 3 万元，而有的需要数百万元，为什么会相差几十倍呢？

最终，我找到了答案：原来一个人能创造多少财富，取决于他能够贡献多少价值，跟他贡献的时间没有关系，重要的是单位时间内贡献的价值越多，收入就会越高。

所以说如果你想要创造更多的财富，不是让自己盲目勤劳，而是要去提升自己贡献价值的能力。你的能力越大，在单位时间内贡献的价值就越大，自然也会有丰厚的回报。

掌握了这个秘密之后，我们就可以跳出财富迷思，不会再苦苦纠结于为什么自己那么辛苦却没有钱，答案显而易见——你贡献的价值不够大。

一旦你开始把焦点放在贡献价值上，你会发现人生的方向会变得越来越清晰，创富的方向会变得越来越明确，你不会把时间花费在无谓的比较上面，不会再妄自菲薄，更不会哀叹天妒英才。你要做的只有一件事，即提升自己在单位时间内向更多的人贡献价值的能力。

财富本质

当我们从财富迷思中走出来的时候，你可能会有一个新问题：财富到底是什么？

这个问题一千个人可以给出一千种答案。

有人会说财富就是时间，也有人会说财富就是幸福的生活，还有人会说财富就是健康的身体，其余的都不重要。

我可以负责任地告诉你，如果我们没有搞懂财富到底是什么的话，这辈子都不可能拥有财富。

那么，财富到底是什么？

请让我借由我学到的知识和我的思考，带着你循序渐进地认识什么是财富。

我曾在大学图书馆里读到一本书，书名是《洛克菲勒给孩子的38封信》，这本书有着一位父亲对孩子最殷切的期待和最切实的指导。我印象最深的是这本书封面上的一句话："如果有一天，我身无分文被丢在沙漠，只需要有一支驼队经过，不久之后我又能建立起一个商业帝国！"

读到这句话，我的第一感觉是：纯属站着说话不腰疼！他是因为已经很有钱了，事业已经很成功了才会说出如此狂妄的话吧！更何况他怎么可能被人夺走一切丢在沙漠中呢！

多年后，随着自己的成长以及对财富认知的拓展，再去回想这句话时，我不得不承认，他说的是真的。

借由他的话，我想请你思考一下，我们用什么来评价一个人是否拥有了真正的财富呢？

绝对不是你银行账户上的阿拉伯数字。

财富不是你拥有多少钱，而是你现在所拥有的一切都失去之后，还剩下的东西。

想想看，放出豪言壮语的洛克菲勒给自己的假定中，剩下的是什么？

是他能够东山再起，能够再去创造一个商业帝国的本事。这才是最重要的。

所以当一个人拥有了真正能创造财富能力的时候，他才真正拥有了财富。

反映到我们普通人的身上，不是增加了多少钱，而是你拥有了去创造更多财富的本事。我再次强调一下，去关注自己的本事远比关注账户上的阿拉伯数字重要得多——那才是你最该积累的东西。

现在，你是否明白了财富本质？

如果你已经明白了，不妨把右手放在心口问一问自己：此刻的我拥有真正的财富吗？如果失去一切的那个人是我，我有没有底气重新把它们赢回来？

不用着急给自己答案，我相信，只要你真正明白了财富本质，也愿意在接下来努力去积累真正的财富，那么什么时候都不算晚。

一个真正拥有财富的人，不会因为偶然间获得某个机会就一夜暴富，然后又因为没有能力驾驭财富而被打回原形。

在这里，我还想和你分享一些我做兼职的故事。

上大学期间，我的第一份兼职是去商场里当促销员销售彩电。销售彩电的工作能够让我拥有创造财富的本事吗？不会的，顶多是我业绩不错多些进账而已。于我个人成长而言，这份工作能够提升的附加值极其有限。我只是投入时间，等客户上门，随后产品对进行介绍。

与之形成了强烈对比的是，在我潜心数年终于创作成功时空流沙盘之后，有一次去参加一个商业课程，与会人员一直希望我带他们推演一次沙盘。盛情难却，晚上我带四个人推演了一场，促成了非常直接的合作机会，为我带来了上百万元的商业价值。

那一刻我突然发现，大学毕业之后的很多年，我所有的学习、成长、突破，累积的这些能力和经验才是我真正的财富。

所以今天的我也有底气说："我不怕被剥夺一切丢到世界上任何一个地方，只要有一根网线、一台电脑，我就能创造财富。甚至没有网线、没有电脑，只要带着一套时空流沙盘，我也能重新开始。"

现在不单单我有这个本事，很多教练都具备了带着一套沙盘走天下的本事。

我觉得这比什么都重要，比你拥有一份稳定的工作重要得多，因为你再也不会仰赖一份工作而活，不会因为市场环境不好收入减少，相反你可以随心所欲地过你想要的生活，在任何地方做自己喜欢的事，可以凭借自己的本事活得非常潇洒和自由。

这样的人生状态是你向往的吗？

财富公式

看到这里，我想你对财富有了更进一步的认知，接下来我要跟你分享一个公式，它能帮助你看清该如何去创造财富。

这个公式我是从我的老师罗杰·汉密尔顿（财富源动力系统创造者）哪里得到的启发。

为了让你很好地理解这个公式，请先跟着我的思路，将财富想象成为一条河流。

面对这条财富之流，请思考，它的水量是由什么决定的？

答案是：一、流速，二、横切面积，三、时间，三者缺一不可。

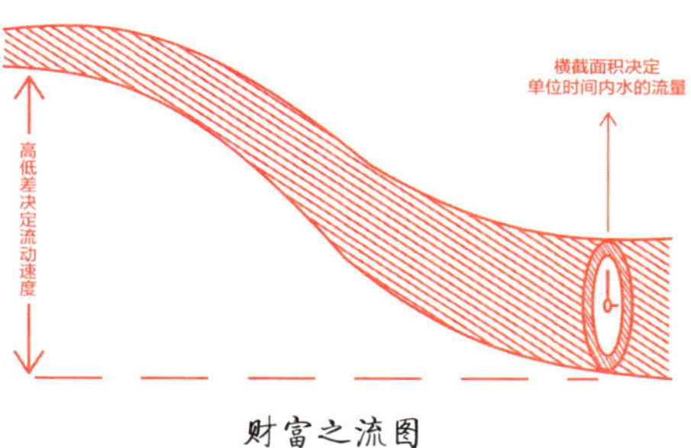

财富之流图

首先来解释流速。

流速取决于地势高低，高低差越大产生的重力就越大，也就会使水流速度越快。你见过黄果树瀑布吗？那是我家乡著名的 5A 级旅游景点，当我初次去游览的时候，在百米开外就能听到瀑布从山顶湍急落下的声音，在我目睹之后更觉得场面恢宏壮观。这就是高低差决定的流速。

再看横切面积和时间，若水流横切面积很大，单位时间内通过的水就会非常多。比如长江和黄河，单位时间内所流出的水量极其巨大，与极易干涸的小溪不可同日而语。

看到这里你是不是有点蒙，不知道我到底想要表达什么，这条河流跟财富公式有什么关系呢？

让我告诉你：

财富 = 价值 × 杠杆 × 时间。

其中，价值相当于河流流动过程当中的高低差。

财富会快速地转移到那些创造巨大价值的人或平台上，因此这种价值差越大，流动的速度就会越快。

举一个简单的例子：一部配置比较高的智能手机，市面上的价格大概在 1 万元，通常来说，消费者愿意花费 1 万元购买，那就意味着商品是符合该价值的。反过来讲，商家以 1 万元的价格出售手机，意味着它的价值是低于 1 万元的，因为只有这样，商家才能够获取其中的利润。

再举一个例子：当你有一间房屋打算出售时，你的心理预期价格是 100 万元，但是买家只愿意出 90 万元购买，那么你是不会接受这个成交价的，除非你对房屋的实际价格预判是低于 90 万元的。而买家亦然，只有他认为房屋价值是高于 90 万元时，他才会出 90 万元购买。

财富之流就是这样的运转模式：金钱会从“认为价值高的人”身上流向“认为价值低的人”身上，差度越大，流速就越快。

假如那部价格 1 万元的手机突然降价，现在只要 6000 元就能买到一模一样的机型，你会选择立即购买吗？还是去购买同为 6000 元的其他品牌的手机呢？

如果你毫不犹豫地选择前者，完全没有把后者纳入考虑范围内，那么就是认为前者的价值远超于 6000 元的价格，后者却不一定。这也是一个金钱从“认为价值高”的地方，落到了“认为价值低”的地方的案例，价值差就这样出现了。

这也解释了为什么有的人愿意花费看似高昂的学费去学习某一项技能——因为他们预判出了其中的价值差，自己在这个交易中最终会是获益的一方，通过习得的技能，能为自己带来超过甚至远超过学费的价值。

那横切面积代表什么呢？

横切面积代表的是流量，是在单位时间内，你能够把你的产品向多少人去推广或者传播多少个渠道。这之中的量越大，金钱流动的量也会变得越大。而当你确定你的价值差已经形成的时候，你需要去向杠杆借力，用借力的方式放大你的价值和服务，然后让更多的人知道。

你要做的就是等待，然后源源不断地创造财富。

弄懂这个公式之后，接下来是如何找到创造财富的路径。

路径一：习得有价值的本事。

首先，你需要掌握一个可以为别人创造价值的本事。这里的“本事”面向很广，比如你能够帮人们排忧解难，能够帮人们做到他们做不到的事情，能够启发别人，能够帮别人节省时间、金钱，或者能够帮别人增加财富等，都算本事。

当有一个别人不擅长而你做到了并且非常擅长的本事的时候，就能在别人需要时发挥作用了。有了本事你就有了创造财富的基础，你就可以为别人去贡献价值。

有的学员曾问我：“九哥，我什么本事都没有，我只会炒菜怎么办？”

我答：“炒菜也算本事啊！只要你的菜做得足够好，就能成为你与别人有差异的地方，就能体现你的价值啊！”

有的人觉得自己没有什么硬核技能，擅长的都是些看似普通的事情，可是我要告诉你，即便是收拾屋子，也是一项很棒的技能！前提是你有贡献价值。

为什么有的人有技能、有本事，却找不到贡献价值的方法呢？核心原因就在于他没有让自己的能力进阶成精通，没有达到让人看一眼都要为之惊叹的地步。

当你达到了大师级的程度，你自然会吸引很多人主动前来寻求帮助。

日本女作家近藤麻理惠特别擅长收拾屋子，她还成立了整理学校和整理协会，不仅教人们如何改善自家的环境，还为立志投身整理行业的学员提供专业培训，这就是将自己的价值最大化地贡献出来了啊！

我想，无论你有什么本事，这个世界上的某个角落一定有你不知道的人，在等待你给他们提供支持，让你实现自己的价值！有了这样的本事，你就有了创造财富的基础。

路径二：找到放大价值的杠杆。

当你拥有了一个靠谱的本事之后，如何让你的财富得到更好的增加呢？

很多能力出众的手艺人，其实没有摆脱时间与空间的局限，因此他们的财富没有与他们的本事相匹配。如果你属于这样的人群，那么你需要做的就是向杠杆借力，去放大自己的价值。

杠杆借力就是要你尽可能地突破时间和空间的局限，将你的产品或服务辐射到更广阔的人群中去。你越早能做到，你就能越早创造属于自己的财富。

那么你要如何放大自己的价值呢？

首先你需要学会问问题。一个好的问题可以让你的价值得到放大，一个不好的问题让你这辈子注定平庸。你要问什么问题呢？你要问：“如何让我的价值得到数十倍的放大？”“通过什么方式可以让我的价值得到更好的发挥？”

当你开始问问题的时候，你的头脑其实已经开始寻找答案了。

无论你处于什么行业、做什么工作，有一项技能是通用的，就是你需要去利用杠杆。

比如这个时代网络非常发达，而互联网有很多的工具可以为你助力，它们完全能够帮助你突破时间和空间对你的局限，同时成倍地放大你的价值。只要你会利用这个杠杆，借助互联网连接到需要你帮助的人，收获是从前的你意想不到的！

就拿我来说，2020 年疫情刚刚开始肆虐的时候，我所举办的时空流线下课程计划完全被打乱，于是我开始思考，要继续传播富而喜悦的理念，还有什么其他方法吗？

那时候每个人都宅在家里，有很多的时间来学习和成长，于是我想到，不如尝试把课程搬到线上。这是我真正意义上第一次通过互联网去推广富而喜悦的理念，突破了时间和空间的限制，很快我就连接到了全球 20 多个国家和地区的学员。他们不单单是走进了我的课堂，还成为时空流教练，和我一起携手推广富而喜悦的理念，很多人跟我并没有见过面，却成为非常好的伙伴和朋友，这是一件多么神奇的事情！

假设没有互联网作为杠杆的话，我的课程价值是没有办法在短时间内快速被放大的。

请你结合自己的情况思考，能够帮你放大自身价值的杠杆是什么？有什么工具抑或什么人能够成为你的杠杆？请把 Ta 找出来！

如果你长期没有在职场上获得晋升，那么就请找那个能够看到你价值的人，让对方帮助你发现和提升你的价值，为你增加晋升的机会。当你将价值乘以杠杆的时候，你的财富会在很短的时间内超出你过去 10 年、20 年，甚至过去人生能够创造出来的所有价值的总和。

这就是杠杆的力量。

需要提醒你的是，在你利用杠杆借力之前，一定要确保你的整个价值创造是没有负面因素的，一旦有负面因素的话，在正面因素被放大的同时，负面的部分也会被放大。

一言以蔽之，杠杆虽好，可不要贪心哦。

路径三：用时间作为催化剂。

当你的价值创造非常确定，杠杆借力也找到方法的时候，接下来的你需要耐心等待，时间这个催化剂会让你的财富获得持续的增长，甚至得到倍增，因为只有时间能够帮助你去累积和复利你所想要的一切。

大多数人往往会低估自己 10 年能做的事，却高估了自己一个月会取得的成绩。其实，若你相信时间的力量，你接下来的人生就不会焦虑，不会像只无头苍蝇一样莽撞地尝试各种路径，而是借由时间持续稳定地去增加自己的价值，以及优化自己的杠杆激励系统。

关于这一点，你需要从失败的人身上找到启发，如果你自己就经历过失败，请你思考是不是这个原因：在某个领域的时候，等不到成熟的时机就换到下一个领域，结果每个领域都没有收获，人生就在一个又一个领域里兜兜转转。

小时候农村特别缺水，在我的印象中大人们好不容易挖出一口能冒出水的井，可是过不了多久，井就会干涸，那时候大家不知道只要挖得足够深就会继续冒出水来，于是人们只会换一个地点继续开凿，用一段时间就又废弃了。

花费时间做很多事情，每一件都浅尝辄止，很难产生势能，与其这样，不如稳稳地抓住一件能够打造你财富基本盘的事情，花时间去累积，让时间去创造复利。

要想创造财富，一定要尝试践行这个公式：

财富 = 价值 × 杠杆 × 时间。

这三个元素缺一不可。

这三个元素之首是价值，还没有找到价值就拼命去寻找杠杆的人，到头来只会一无所获，甚至会欠下人情债，得不偿失。

还请切记，我所说的杠杆绝对不是让你现在就去借钱、去贷款，用负债来以小博大，这必然会伴随着风险，意味着你会面临更多的危机，因此需要考量自己的能力和可以承受的范围，这才是能够持久的生财之道。

在这本书中，我最想带你探索的就是财富本质，而当你了解了财富公式、三个路径即努力的方向后，接下来就是你摩拳擦掌真正去创造财富的时候了。

时空流用户来信
第 02 封

From: 天娇

To：九哥

城市：中国临汾　　身份：潜意识疗愈师、心理咨询师

我是天娇，景荣文化创始人，也是一名潜意识疗愈师。

今天怀着激动的心情写这封信，感动的泪水止不住地流。想跟你分享个好消息，财富觉醒训练营学习完之后，我将所学落地到生活之中。第四课和第五课的内容，让我学会了财务规划，拥有了财务自由账户等各类富而喜悦的账户。

是的，我的财富有规划了，我的人生有规划了，但更重要的是，我通过在时空流教练课的学习和滋养，成为时空流疗愈教练，把自己的时间从一对一升华为一对多的价值变现。

而过去并非如此，过去没有财商，也没有认知，在对金融、股票没有认知的情况下，贸然进入股市投资近400万元，股市的波动让我的财务瞬间进入逆流，我感觉失去了自尊。由于恐惧、羞愧和绝望，我开始躲避身边所有的人和事。更重要的是，在这期间，婚姻的失败成为压倒我精神的最后一根稻草，我走在抑郁的边缘。

直到我参加了时空流相关的课程，让我获得了力量，决心重新支配自己的命运。我通过觉醒营讲的财富底层逻辑，知道如何去打造财富基本盘，用财富报表给自己的财务做体检，规划各个账户。总结过去所犯的错误，让自己拥有了绝地反击的能力，成为我财富反转的拐点，更是我人生的拐点。

现在，我不仅获得了经济上的自由，而且用时空流去启发他人，践行用生命影响生命，获得了富而喜悦的生命状态！

第三章
财富之流

我已经带你去探寻了财富的秘密是什么，也给了你财富公式。只要你按照步骤去执行，积累财富就是一个顺其自然的过程。

在这一章里，我想告诉你的是，掌握了财富的秘密还不是最关键的，最关键的是如何去使用它。

是什么决定了我们会不会使用我们学到的方法、策略及技巧呢？又是什么帮助我们把它放大到最好的效果呢？

核心是思维层次。

思维层次有各个面向，根据环境、行为、信念等的不同可能有很多解释，但是归根结底，可以用三个大类来概括。当你对这三大类思维清晰之后，就可以快速觉察出自己处于哪个思维层次。

你需要知道的是，一种思维代表一种圈层现象，没有优劣之分，只是为了方便我们看到事情的本质和每个人背后的思维逻辑是如何对自身产生影响和作用的。即便现在人们都喜欢谈论圈层，物以类聚，人以群分，但是在这里没有任何贬义，仅仅是将思维状态进行了划分，将拥有相同或相似的思维层次放进了一个圈子。

这三个圈层分别是:

一、诸事不顺，长期情绪低落，无休止地抱怨、指责、辩解，对生活感到失望，对自己的境遇感到十分无助的逆流层。

二、按部就班，信奉平平淡淡才是真，当一天和尚撞一天钟，得过且过，觉得自己很安逸，并甘于这种虚假的安逸，很难突破舒适区的平流层。

三、物质上富足，精神上丰盛，总是热情有活力，吸引财富就像呼吸一样简单的顺流层。

这三个圈层中，你能否告诉我，你认知当中富有的人，他们处于哪个圈层，他们的人生状态是什么样的？

毫无疑问，那些吸引和创造了巨大财富的人，都处于顺流层！

你会不会感到疑惑，到底是因为他们进入了顺流层才实现了物质与精神层面的双重富足，还是因为他们本身拥有顺流层的思维模式，所以进入顺流层是很简单的事？

答案是后者。

正是因为先拥有了顺流层的思维模式，才能够让自己进入顺流层。

塑造我们并决定我们最终处于哪个圈层的，是思想。

拥有什么样的思维模式，就会创造出什么样的现实环境。

什么意思呢？

其实很简单，说的就是你相信什么，把什么作为你的价值观，作为你信奉的真理，你就会得到什么。

有个学员，是一位明星的经纪人，还曾担任一部有社会影响力的电视剧的副导演，以他的资历和能力来说，应该有一定的财富积累了，可是在交流的过程当中，我发现他工作多年，并没有什么积蓄。

在进一步的沟通中，我才得知，他之所以一直没有积累到财富，究其原因是他从小到大有一个根深蒂固的认知：顶尖的艺术家不应该沾染铜臭味。

我没有急着否定他的任何认知。

因为帮助一个人转变观念的关键，就是破除他固有的思维模式，打开思路，全方位地检视自己，然后才能帮助大家改变曾经不正确，或者说对创造财富没有好处的思维方式。

他告诉我，在他的观念里，艺术家如果变得有钱，就等同于成了金钱的奴隶。

当他无形之中将这种想法变成了自己行事的准则时，几乎就决定了他不会成为可以创造财富的人，因为即便是他的生活或是工作中出现了可以创造财富的机会，他的内心也是抗拒的。

很多人没有意识到自己潜意识里对于财富的抗拒，实际上我们必须找出自己的这种潜意识，随后再来改变它，只有我们内在的价值观与思想相吻合，所求一致时，我们才能顺利地实现目标。

反之，当一个人的潜意识与自己的价值观不匹配时，就会天然地把“异类”排挤出去，这种排挤出去的方法有很多种，比如不停地去投资损耗金钱，再比如找尽各种方法把钱花光。

潜意识也好，信念也罢，都是源自每个人成长过程中收到的外界传递给自己的讯息，来自观察别人的思维方式，来自家庭的教育和影响，那么你到底是哪种思维方式呢？我希望你从接下来的内容中，觉察到自己的意识层级，找到自己的思维方式属于哪个圈层，只有当你找到了自己的位置，才能知道接下来该如何调整和转变。

诸事不顺的逆流层

处在这个圈层中的时候，人们往往会接连遭遇不如意的事情，情绪常常处于低落萎靡的状态，不停地抱怨，不停地向周围输出负面情绪，而且觉得没有运气，比如好不容易攒了一些钱，碰到一个机遇，谁知道一投资项目就黄了，辛苦钱就这样打了水漂。

经历过几次这样的情形之后，人就会陷入低潮，抱怨加失望，渐渐会觉得自己这辈子没有什么指望了。

这就是很典型的逆流层人们的状态——遇事不顺，情绪低落，无休止地抱怨、辩解、指责，对生活无望，感觉无劲。

当意识到自己正处于低谷的逆流层时，请不要被吓倒，要知道，当一个人接二连三遭遇不顺时，很难保持积极状态，这不是你的问题，是人性使然。

无论你是亿万富豪，还是平民百姓，每个人一生当中都会经历大大小小的逆流。为什么有的人能够从逆流当中走出来，带着觉察和觉知继续生活，有的人却一直被逆流牵绊，或者说即使走出来了，也是在用一生治愈曾经的逆流给自己带来的伤痛呢？

这是因为人们在面对逆流时，往往会出现以下三种应对的状态：

第一种：辩解。

什么是辩解呢？辩解就是这个事情不是我的错，这个事情是各种各样的原因导致的，怎么都算不到我头上。

我问你，上学时你有没有过迟到的经历？

在我小的时候，上课迟到是要被罚站的，有时候要是碰上班主任的课，不仅要被罚站，还要被打手心。

当老师问那些迟到的同学为什么迟到时，答案五花八门。

有人说扶老奶奶过马路，有人说今天堵车，有人说妈妈生病了，等等，什么理由都有，就是没有一个人对老师说："我错了，对不起。"

我们为"迟到"这个行为前面加一些辩解，力图让这个错误显得合理一些，这是一个特别有意思的现象。

你发现了吗，当一件事情发生之后，有的人不是在第一时间寻找解决方案，而是为自己找一个借口。比如投资失败了，是自己遇人不淑，没有天时地利人和的条件，这些来自外部的借口，不但不会帮助我们找到真正的症结所在，还会让我们一直错下去。

损失不会因为你找到完美的借口而弥补回来，因此辩解不能解决任何问题。

这不是一场辩论赛，赢了的那一方会获得奖励。你的辩解看似说服了自己，其实只是骗过了自己而已。

第二种：否认。

同样是迟到，怎么否认呢？我没有迟到。

“昨天通知说的是 9 点，现在还没到时间。”

“我不知道你说的是北京时间，我有时差……”

面对别人的置疑，第一反应就是否认。无论别人说的是什么，条件反射先回一句：“我没有啊！”有这种思维模式的人，在明知逆流已经发生的情况下，也不愿意接受和面对。

这里涉及一个西奥迪尼在《影响力》中提到的一致性原理，人们都希望自己言行一致，所以当出现不一致的情况时，首先是否认，否认的目的是创造一致性。举例来说，当我的投资有风险时，有人提醒我要注意，我却没有勇气去面对它，潜意识会驱使我一直追加投资，并且会帮我创造出很多合理的解释，这样才符合一致性原理。真正失败了，也要很长时间才能恢复过来，去面对自己、承认自己的失误。

我们看似被一致性原理控制着，实际上它是可以被打破的。要面对现实，承认自己投资失败，这样才能及时止损。就像那些被股票套牢的人，一直否认自己投资失败，在该离场时依然坚持，相信股票会回涨。

第三种：抱怨。

面对逆流很难走出来，还有一个重要原因就是一直在抱怨。

“为什么我这么倒霉啊？”

“为什么命运对我这么不公？”

“为什么他 / 她要伤害我？”

通过抱怨，你就不需要去承担任何责任，把所有的责任都推出去。

看起来很合理，可事实并非如此。

只会抱怨的人，永远也无法成为能创造财富的人。只有放下抱怨、停止抱怨，积极地寻找解决方案，才能真正走出逆流。

想想看，在电梯发明之前，我们每次爬楼梯，是不是都会忍不住抱怨太累，可是有的人就积极地寻求发明电梯的方法来解决了这一烦恼。如果大家都只是一味地抱怨，不去做那个解决问题的人，那么我们的社会如何进步呢？

抱怨是不会促进任何事情向前发展的。

这三种面对逆流的态度，使得大多数人一旦进入一个逆流之后就会陷入其中无法自拔，还有可能引发下一个逆流的出现。逆流层出不穷，如果你不寻求逃生之法，那么只会被这个恶性循环拖累。

当你用辩解、否认、抱怨的方式面对逆流的时候，逆流会消失吗？

肯定不会，逆流只会被放大。

记得新冠肺炎疫情暴发之前，我们公司刚开完高层会议，把一整年的计划都安排妥帖，什么时间开课，在什么地方开课，大概能有多少学员……我们都有完整而清晰的目标和计划，而疫情暴发，无疑是一次团体逆流。那时候，除了对疫情本身的恐惧外，团队还陷入了集体事业焦虑当中，无法进行线下活动。

作为公司创始人，我当时也可以为此辩解。都是因为疫情，我们才没有办法继续原本计划好的事业，在家里合情合理地躺半年也没关系。还可以否认病毒的严重性，偷偷举办线下活动。抱怨，为什么这种事情会发生在我们身上，为什么有的人就不受疫情影响？为什么让我们原本处于上升期的事业遭受如此重大打击？怨天怨地。

那时候，我从绝望中听到自己脑海中传来的声音，我问自己："在这样的逆流当中，也会蕴藏恩典吗？我可以为此负什么样的责任呢？"

有了这一层觉察和觉知，我马上调整了自己的思维模式，积极寻求解决方法。最后，原本那个在线下面对很多人分享都无所畏惧，但是面对镜头讲课非常紧张的我，在大年初七那天，开启了人生中的第一场直播。

之后，我持续在直播中分享了 3 个月，每天不断，一天当中最多的时候直播四场。也正因此，原本要线下体验时空流课程的学员全部转为线上，又因线上没有地域局限性，时空流的辐射范围越来越广！我们甚至在云端推盘、云端聚会、云端 K 歌……

可以想见，如果当时的我在逆流之下没有及时调整思维状态，还在固有的思维里面辩解、否认、抱怨，这一切都不可能发生。

今天的你也就不会有机会接触时空流沙盘，更不可能看到这本书，时空流沙盘也就不可能被翻译成 11 种语言。

逆流之中必有恩典，这就是我想告诉你的。

当你面对逆境时，第一件事就是让自己负起责任来，只有当你勇敢面对的时候，逆流才可能有机会转换，你才有机会发现蕴藏其中的恩典。

记住，“一切因我而起，一切也会因我而结束”。这是一种要求自己负起责任的心理暗示。无论是面对个人的逆流还是团体的逆流，你都要负起自己该负的那部分责任，要告诉自己，我是一切的根源。

平平淡淡的平流层

你肯定听说过温水煮青蛙的故事。

据说，19 世纪末科研人员将青蛙投入 40 度的水中，青蛙因为感觉到温度强烈的差异，一下子就从水里面跳了出来。随后科研人员将青蛙放到冷水中，每隔一分钟升高 0.2 度，让温度慢慢地升起来，青蛙因一直在水中，适应了温度，感觉特别舒适，悠然自得。随着时间的推移，温度还在持续上升，当青蛙发现不能忍受水中温度的时候，已经无力回天了。

尽管这个实验的真实性后来受到质疑，但是你有没有发现，在我们的生活当中，很多在平流层的人跟这只青蛙很像。

每一天、每个月、每一年，生活按部就班，没有一个大的飞跃，很享受自己的小确幸，悠然自得地生活，突然有一天，一个巨大的逆流来袭：可能是失业，可能是家庭变故……一点点逆流、一点点意外的发生，就可能将小确幸的生活打回逆流层。

这样的案例不胜枚举。

有一位学员在北京工作，初遇时，我对他说："你工作之余一定要学习本事，让自己拥有抵御风险的能力，或者学点能让你提高收入的本事。"

当时他的生活非常安逸，他回答说："我现在挺好的，为什么还要那么辛苦呢？下班之后还要学习，周末还要花钱去学习？太累了吧！为什么不花时间去看看电影、陪陪家人呢？"

的确，我们每个人都可以选择自己的生活方式，平流是一种选择，逆流也是一种选择。

没过多久，新冠肺炎疫情暴发，国际国内经济形势变化莫测，波及他所在的行业，40 岁的他遭遇了这辈子想都没想过的裁员。

怎么办？

40 岁的男人，是家里的中流砥柱，却不见得是职场上最有竞争力的年纪。高不成低不就的心态，碰上了艰难的就业形势，上天简直就是跟他开了一个巨大的玩笑。

看似“平平淡淡才是真”的生活，背后的真相就是没有任何抵御风险的能力，没有一把在我们陷入逆流时能救我们的稻草。

所以，一直以“平平淡淡才是真”平流层思维自居，或是正处于平流层的你，要开始想办法提升自己。人生如逆水行舟，不进则退，让自己拥有更多抵御风险的能力，为自己和家庭提供更加稳定的保障！哪怕那时候再说“平平淡淡才是真”，你也是有底气的！

千万别被“安逸”这个词蒙蔽了，你要觉察、觉醒，去找那种当头棒喝的感觉，让自己像那只放到40度的水中，突然跃出的青蛙一样——这就是我为什么会开设财富觉醒训练营，它不但能够帮助逆流层的人找到提升自己、走出逆流的方法，还能够帮助平流层的人真正觉醒，成为将他们瞬间点醒的40度的水！

我希望你和其他人一样，跳到这个40度的水里面，然后快速地觉察，力争上游。

富而喜悦的顺流层

我相信每个人都渴望留在顺流层。

处在顺流中的时候，每一天的你都能体会到幸福和快乐，你不再为金钱忧虑，不会因为自己正经历或即将发生的事情感到恐惧，因为你富而喜悦，做什么事情都轻而易举。你感到自己特别幸运，你会忍不住想：那么多好事为什么会发生在我身上呢？

它不是富而痛苦，也不是穷而痛苦，更不是穷而喜悦，它是富而喜悦——外在富足，内心喜悦！

拥有顺流思维的人具备一个特别重要的特质，那就是当他们得到一个信息的时候，会快速过滤、识别、加工，将信息转化为行动，行动之后再反馈，从而让自己做出及时和快速的调整。

拥有顺流思维的人很少把时间花在辩解、否认和抱怨上，也很少给自己划定任何舒适区，因为对他来说，无论处于哪个区域，都是一种人生体验，都能接受。他们充满弹性，这使得他们的生命宽度比平流层和逆流层思维的人宽广得多。

也因为充满弹性，他们获得的机会，可以接纳的人、事、物是平流层和逆流层的好几倍。同理，他们能承载的财富。也是平流层和逆流层的人无法想象的。

有人觉得赚钱太难了，那我问你，是赚大钱难还是赚小钱难？

真正能赚到大钱的人会告诉你：“赚大钱其实是很轻松的。”

觉得赚钱难的人，赚小钱也是超级难的。

赚大钱难还是赚小钱难，从来都不是根本问题，根本在于你赚钱的能力，以及你在这个过程当中对财富的认知和驾驭能力。

一个非常有趣的现象，比如平流层的人津津乐道于汽车、运动、娱乐、音乐等，顺流层的人则拥有汽车公司、运动团队、电影娱乐公司……平流层的人不仅在谈论顺流层人的想法，还把钱花在了基于顺流层人想法建构的产物上面。

这就是拥有平流和逆流思维的人总会被影响、总会跟风的原因：顺流层的人很清楚自己是谁，自己想要的是什么，很容易成为领头人。

平流层和逆流层的人通过贩卖时间获得报酬，而顺流层的人为利润而工作，为结果而工作，为价值而工作。

不仅如此，顺流层的思维着眼于长远，下一个 5 年、10 年都在他们的规划当中。他们的这些规划覆盖面广，甚至延伸到平流层与逆流层的人想都没想过的地方。

当平流层和逆流层人还在为下个月的吃穿用度发愁的时候，而顺流层的人关注的是如何将财富最大化。

我从导师们那里领教了顺流思维中长远思考的魔力，并将它活学活用起来，积极地展望未来。

也因此，我在刚开始研发时空流沙盘的时候，就在设想这款沙盘 10 年之后会发展成什么样——我有信心使它风靡全世界，我相信它会被翻译成多种语言发售。

你呢？

希望自己10年之后的生活是什么样子呢？

一定要好好去思考，并开始着手规划。

长远思考需要的是耐心，而耐心也是顺流层人的一项重要资产。我们发现，平流层和逆流层的人缺乏的其实就是耐心。

最后，也是很重要的一点，拥有顺流思维的人会抓住每一次改变带来的机遇，因此收入来源非常丰富。

在这里，让我们把钱比作池塘里的鱼，你就会更好地理解了。

用一根渔线钓鱼，收获的数量基本可以预见，但是放下四五根渔线，是不是捕到鱼的数量和可能性都会大幅度增加呢？很显然，水里的渔线越多，能捕到的鱼也就越多。

赚钱也是这个道理，你获得收入的渠道越多，进入顺流层的机会就越大。

拥有平流或逆流思维的人很难想到这些，也很难去拓展更多的收入来源，因为他们认为，任何事情都必须亲力亲为。正是这种观念，极大地限制了他们拓展收入来源的可能性。

如何更好地拓展收入来源，而不影响你现在的主业呢？接下来我要跟你分享多重收入的一致性原则。

这个一致性前面还要加两个字："有意。"

有意，是指有目的地去做事情，如策划活动、采取周密的行动等。一致性指关联、联合、意见相合。拥有顺流思维的人都在践行有意一致性原则，让原有收入来源支持，发现其他新收入来源，增加收入。这种感觉是不是很棒？让你的成功概率增加，同时让你的收入产生叠加效应。

第一次寻求新的收入来源的时候，你必须全身心地投入——专注力是一种能力，所有顺流层的人都拥有这种能力。

要使有意一致性原则在你的生活中发挥作用，就必须专注于两件事情：第一，你必须像激光一样，扫描广阔生活蓝图中的具体事物。同时，必须学会像聚光灯一样，聚焦整幅蓝图。

任何人都可以做到将注意力集中在一件事上，但只有把控全局，使各种赚钱渠道有所链接，甚至产生协同效应，创造相互补充的收入来源，才会让你的时空流随时间的推移更加丰富。

我想我们已经达成了一点共识，就是如果在水中放置四五根甚至更多的渔线之后，肯定比只放一根渔线能捕获更多的鱼，而有意一致性的效果，比在水中放置多根渔线的效果还要好。

有意一致性就好比是撒下一张渔网，它远比渔线更有效果，它将你参与的每笔生意都联系起来，让每笔生意都能赚更多。

如果你当前已经有了固定的收入来源，还想再有另外的收入来源，那么你就必须确保新的收入来源能够支持第一个收入来源，而第一个收入来源也能够支持新的收入来源。它们是否互相促进，相辅相成，决定了它们能否为你织网。

如果你已处于顺流层了，请问我的这个观点是不是符合你的实际情况？你的主要收入来源跟其他收入来源有关联吗？它们之间互相成就吗？主要收入来源的客户，能够成为新收入来源的客户吗？

对大多数人来说，有意一致性的概念相对陌生，还需要深思熟虑，但请你坚信，时间会证明有意一致性一定会在你的生活中创造奇迹。

归根结底，不同的思维模式决定了你处在平流层、逆流层还是顺流层。

一旦你判断出自己是哪种思维模式和观念的时候， 就可以根据我提供给你的方式调整，逆转你的人生。

如何逆转？

最好的方式就是模仿。

模仿那些你希望成为的、拥有顺流思维的人，去思考他们遇到问题或是获得机会时会做出什么样的反应和行动，去思考他们是如何看待这个世界、看待生活中的柴米油盐和人生问题的。

从模仿开始，你就会学到他们在处理事情的过程中的所思、所言、所想，以及预判出他们下一步会采取什么样的行动，这是你快速拥有顺流思维的一种方式。

第二，沉浸式学习。

你需要加入一个能让你摆脱平流、逆流思维的圈层。

在这个圈子里，大家彼此支持，互相帮助，共同进步。

没有恶性竞争和尔虞我诈，你能得到他人的真实反馈与合理建议。

事实上，富而喜悦平台有很多这样的圈子。它让很多人在短时间内拥有了一年，甚至三五年都不会有的觉察和复盘人生的机会，尤其是通过云端开展的时空流沙盘推演，可以获得来自世界各地不同行业和知识结构教练们的反馈，帮助你充分地认识自我，寻找到自己的出路，将你的思维迭代升级。

时空流用户来信
第 03 封

From: 莉华

To：九哥

城市：中国扬州　　身份：家庭主妇

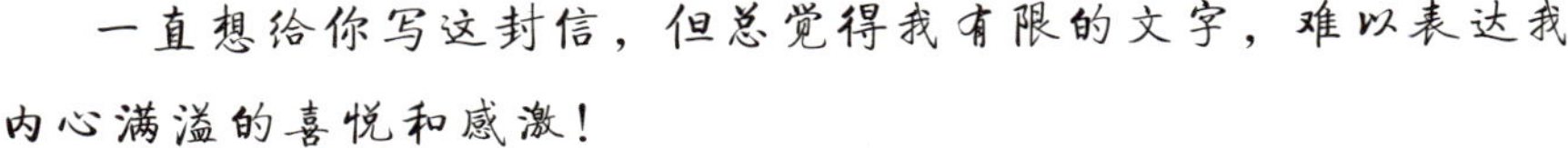

一直想给你写这封信，但总觉得我有限的文字，难以表达我内心满溢的喜悦和感激！

回想半年前我遇到时空流，第一次推演让我惊叹沙盘的神奇，怎么和现实人生那么像！

曾经在职场上风风火火的女强人，结婚生子回归家庭，相夫教子十一载，经历癌症的冲击，投资失败，日日夜夜为家庭付出，却越活越没有自己！爱人因为疫情事业受挫，迷茫中选择逃避，脾气暴躁，夫妻间摩擦愈演愈烈！孩子入学严重不适，难以承受学业压力……在各种逆流中我残喘着、挣扎着，生命日趋枯竭！

带着好奇，我走进时空流觉醒营，颠覆了我对财富的认知，原来财富不只是金钱，我才是最大的财富！在觉醒中我打开自己，看见那个渴望被肯定的自我！我的心开始苏醒，直面自己，放下面子，勇敢做自己。

我开始思考自己一直在逃避的问题，从总是看到问题、焦虑无奈、常常抱怨，到财富觉醒、生命绽放，短短两个月，我重新找回了失去的自我，生命的指南针重新定位。

当富而喜悦进入我的家庭后，我看到了家人的转变。爱人Peter处于逆流多年，时空流助力他成为生命唤醒联盟的联合发起人，在戈壁徒步中获得力量，让曾经迷茫逃避现实的他重获新生。

我们家因时空流走出经济危机，用富而喜悦架构财富基本盘，实现了财富的增长及家庭关系的和谐。

第四章
经营你的财富花园

这个世界上鲜有人对“财富”二字没有感觉，我们其实都希望在有限的生命里创造尽可能多的财富。创造财富并不意味着你会成为一个贪婪的人或守财奴，从某种程度上说，我们创造的财富也是我们人生价值的一种体现。

创造财富的两种方式

创造财富的方式看似多种多样，归根结底其实无外乎两种：

第一种方式叫抓取。

采用这种方式创造财富的人，大都逃不开这两个词：“争抢”“追逐”。

他们总是主动向外索取，不停地从外部获取自己需要的东西，这些人普遍的特点是不停地换项目。少则一个月，多则一年就会换一个项目，因为他们在这个项目上投入一段时间后，等不到盈利就去找第二个、第三个……

你身边有这样的人吗，或者你听说过有人是采取这样的方式去创造财富的吗？他们成功了吗？

我有这么一个朋友，他一个月换两个项目来做，每两个星期就会来找我一次，告诉我他又发现了什么好项目。请问，你觉得他这样能创造出真正的财富吗？

还有的人喜欢频繁跳槽，在工作中其实也没遇到什么真正的困境，只要感觉不爽就跳槽，履历上留下了让大部分人力资源管理部门敬而远之的工作记录，看似有着从事某行业10年的工作经验，结果发现跳槽11次，请问这样的人能够创造真正的财富吗？能够在职场上获得真正的累积吗？

任何一个行业、一个项目乃至一个专业领域，要真正做到精通，都需要花费时间、精力和心血来深耕。

在你没有成为某个领域的高手之前，你想在这个领域创造财富，获得成功，这比彩票中大奖的概率还要低。

我不否认采用抓取方式来创造财富的人其实是有小聪明的，甚至是比很多人更有成功的动机，否则他们也不会有那么灵敏的嗅觉，总是能找到新的商机，也不会有频繁跳槽依然能找到下家的本事。

然而我必须帮这类人打破一个迷思，就是你一定会跟财富失之交臂。猴子掰苞米的故事在中国家喻户晓，事实上，生活中大部分人都在重复地做这只傻乎乎的猴子而不自知。

第二种方式叫吸引。

吸引与抓取完全相反，它不是向外索求，而是由内生发。

当你在创造财富的过程中不再一味地将注意力放在外部世界，寻找哪个机会更好，而是关注自身是否具备条件吸引这些机会的时候，你的创富之路将会发生本质的转变。

你将不会在乎一时一地的得失，因为你知道自己在积累真正的财富基本盘——一旦这些积累达到一个临界点，它就会为你带来爆发式的成长。

采用吸引方式创造财富的人，他们的身上往往会有一个标签：长期主义。

他们相信专注的力量，从不东张西望地去寻找机会，而是专注将自己打造成可以吸引机会的“磁铁”；他们不会四处追逐所谓的人脉，而是把自己变成让人人争相主动接近的关键人物。

他们做的所有事情都围绕一个点，就是打造自己的核心竞争力。当自己具备这样的能力时，吸引力也就建立起来了。你看那些成功的企业家们，他们需要去找各种各样的人脉吗?

非但不用，很多人还会主动来找他们，这就是吸引。

如果用抓取和吸引不太容易理解的话，我再换一个浅显易懂的比喻来与你分享。

让我把财富比作一只蝴蝶。

它美丽绝伦却又捉摸不定，总是吸引很多人去追逐，想将它据为己有。

人们捕捉蝴蝶一般有两种方式：第一种是编织一张密密麻麻的网，只要网足够结实牢靠，总能捕捉到一两只。第二天发现同样的地点好像没有蝴蝶了，于是换一个地方去捕捉，又能捕捉到一两只。就这样，每天重复地织网，重复地换地方捕捉。网越织越大，蝴蝶却没有因为网变大而变得更多。

当你捕捉到 60 岁或 70 岁，突然有一天，你发现自己没有能力继续捕捉蝴蝶的时候，蝴蝶也就没有了，只余一张缝缝补补很多次的网和一声嗟叹。

这不是我想要的那种人生，我猜你也一样。

我们终将老去，没有办法一直靠体力和小聪明去捕捉蝴蝶。若有一天你再也没有力气在林间奔跑追逐蝴蝶的时候，该怎么办呢？

这就是我在前文提到的用抓取创造财富的方法。这种方法让人非常辛苦，不允许你停下来，只有不断工作才能拥有少量的财富。

还有一种方式，不需要你每天辛辛苦苦地去织网抓取，而是把关注点放在自己身上，将自己打造成一座财富花园。

想想看，花园是什么样的？它一定是百花齐放，青草丛生，蝴蝶、蜜蜂闻着花香而来，又何须你织网捕蝶？

当你拥有了一座财富花园之后，当太阳照常升起时，蝴蝶自会翩翩而来，不是一只，也不是几只，一定是成群结队，且源源不断地飞来。就算不小心被人捕捉走了，你也不用担心，因为第二天还会有源源不断的蝴蝶飞来。

如果此刻你脑海中已有了财富自然流淌到你身边的画面，那么你已明白我要表达的意思了。

请你问问现在的自己，是要疲于奔命捕捉蝴蝶，还是打造自己的财富花园？如果是前者，也不用担心，是时候去思考如何打造你的财富花园了。

打造事业的财富花园

若你真正理解了财富花园理论，你会发现生活中我们所做的很多事情都可以用这一理论去指导实践，这样不仅可以确保你走在正确的创富道路上，还能确保你走得很轻松。

接下来我要与你分享的是如何打造你事业的财富花园。

每位企业家都有一个终极目的："无为而治。"

"无为而治"出自老子的《道德经》，意思不是无所作为，而是不过分地干预。每位企业家都希望自己的企业拥有自行运营的机制，不需要自己事必躬亲，甚至无须员工花费大量的时间和精力，只要配合得当，企业的业务或产品就能实现一定程度的自行运营。

这种自动自发的运营模式，哪怕企业家自己不去刻意经营，依然能够保持稳定而持续成长的势头，然而能够达成这个目标的企业实在是少之又少了。

我总结过很多励志的创业故事，发现很多优秀的企业家早期也陷入过一种误区：他们在企业初创时期拼命地努力，然而三五年之后，发现企业一旦离开了他就无法正常运转。也就是说，企业家停下来企业的经营就停止了，或是企业放假一段时间，客户就流失了。

这种情况下，很多人会变得越来越焦虑。

即使在外人看来企业家已经小有成就，正走向人生的巅峰，可这种焦虑只有他自己明白。

这样的企业，从创始人到员工，每天都像上了发条的闹钟，恨不得 24 小时不停地奔波忙碌，生怕停下来喘一口气就会影响收入。更有甚者，采取比较极端的方法，以“某某公司离破产只有 30 天……20 天……15 天……”这样的倒计时为员工制造压力，以此鞭策员工更辛勤地工作。

究其原因，这是一种始终在织网捕蝶的架构，而不是想办法打造财富花园。他们在事业发展的过程中一直在寻求各种外部机会，有的缺乏长期战略定力，有的根本没有战略，只是跟风，看到别家什么项目赚钱就去做什么。

比如人人网，就是非常典型的代表。它虽然已经没落了，但是我们依然可以从它的故事中学到很多东西。

80 后、90 后的朋友对这个网站一定不陌生，它曾被定义为中国版的脸书，原名校内网，是一个以大学生为主体的社交网站，巅峰时期曾覆盖全国 2000 多所高校的 1800 万名大学生用户。2009 年，人人网推出的开心农场更是坐拥上亿用户。

就是这样一个传奇般的互联网神话，最后被业内评价为：“把自己作死了，死于不够专注。”

回过头来看人人网经历的几载风雨，我们会发现，自被收购之后，人人网开启了资本化运作之路，2011 年 5 月，人人网在纽约交易所上市，盘中市值最高达 94 亿美元。我们发现它并没有把自己最精专的社交板块做大，而是不停地玩资本游戏，执着于股市投资。

人人网投资某个股市后套利变现实现增值，至于自身业务板块，先后在团购、直播、游戏领域小有涉猎，但也都是浅尝辄止，总之就是风吹到哪边，便去哪边围观和尝试，走着走着，最终迷失了自己。

在很多老用户眼里，人人网早就“死了”。

这其实是一件非常令人痛心的事，无论是作为当年引领社交媒体的传说，还是曾在网站上倾注了感情的用户，人人网的没落无疑令人唏嘘不已。他们丢掉了自己最为核心的竞争力，丢掉了以大学生为基础再扩展到职场的社交形态，走上了下坡路，到如今的新生代，已经没有人知道这个风靡一时的“神话”了。

回归到我们的话题上来，对于开创事业的人来说，定力是非常重要的。

你必须清晰地知道自己现在做的事情是为事业打造财富花园，还是在织网捕蝴蝶。

如果你每天织网捕蝴蝶，看起来是赚到了一些钱，但是这些钱只是一时的，并不会给你带来持续的竞争力。

在这一方面，华为可说是典型案例。

在过去的10多年里，华为一直坚持研发和技术的积累，并不像其他公司一样不停地利用营销和炒作增加曝光率。华为一直兢兢业业地为客户提供更好的产品和服务，在自己熟悉和擅长的领域不断投资和拓展。在华为自己打出的广告中，

“坚持”二字即为其理念。

看似平淡，却是最真也最难做到。

在华为创立初期，任正非就强调“技术自立”是企业发展之根本。事实证明，华为坚守住了这一根本，清楚自己的核心竞争力是什么，始终没有动摇这一根本。任科技行业风云诡谲，它自岿然不动。

我不由得想起《道德经》中的一句话：“夫唯不争，故天下莫能与之争。”

华为的不自恃己能，是每一位创业者都应该学习的打造财富花园的方式。

很多朋友都听过这句耳熟能详的口号：“要想富，先修路。”

据统计，我国 99.98% 国土上都有公路连通，这其中包括山地、高原和丘陵，修建难度可见一斑！

作为一个从大山里走出来的孩子，过年回家时，看到一条条连接村子与外面世界的柏油马路时，我打心底里感谢这一壮举。当发现村子里有点堵车的时候，我几乎热泪盈眶，这是十几二十年前想都不敢想的画面，可是我们实现了。

修路就是在打造财富花园，路修好了，“蝴蝶”才会飞过来。

当路修到每家每户时，人们的消费潜力就被激发出来了，整个经济就被激活了。

每个城市要想激活自己的经济活力，必须首先创造一个好的营商环境。这样的营商环境会吸引资本的进入，随着资本的进入，会把相关技术、人才、经验等带到当地，从而带动就业和经济发展。

营商环境就是当地最好的财富花园。

如果一个人、一个企业、一个城市，甚至一个国家的财富花园，是不稳定的，那么“蝴蝶”（投资者）会翩翩而来吗？当然不会，就算能够被表象迷惑一次，也不会第二次上当。不稳定的财富花园无法长期吸引“蝴蝶”的到来。

打造家庭的财富花园

家庭成员是你人生中最重要的团队，也是你人生当中的第一个团队，这个团队决定你能否将外部一切事业经营好，它是关键中的关键。如果家庭这座花园你都没有经营得当，那么我敢断定外部的一切也不会如你所愿。即便你已经获得一定意义上的成功，或是创造了一些财富，如果得不到家庭这个团队的支持和认可，你面对的就不是与你共享战果和喜悦的人，甚至会连快乐和成就感都无处安放。

当家庭这个场域带给个体的气氛是忌妒、难受、愤怒、疏离……时，久而久之，这座花园自然会衰败、枯萎，杂草丛生，让人感觉不到爱意，更无法从中汲取养分。

为什么我对家庭会有这么多的思考呢？

这源于我这些年看到、听到，以及亲身经历的一些事情。

有时空流的学员向我反映过相似的问题：“九哥，这些年我不断学习，追求进步，我感到自己有了很大的提升，但让我苦闷的是，本该替我开心的另一半却还是老样子，不愿意改变自己，有时候也不支持我学习。”

还有一些极端的案例，比如一位已婚女学员反馈：“我一直在努力赚钱，可是我的另一半已经九个多月没有去工作了，每天在家打游戏。我尝试跟他沟通让他出去工作，他说完全提不起兴趣，依然整天无所事事。这样的伴侣让我压力很大，脑海中总是有负面声音出现，抱怨自己嫁错了人。我该怎么办？”

我想说的是，这些情况其实不在少数。请你反思一下自己是不是正在或者曾经扮演过这样的负面伴侣角色？或者你周围有没有这样的人？

两个人在一起几年十几年之后，突然发现枕边人越来越陌生，好像当初令自己奋不顾身投入这段感情的人不见了，现在的对方与之前判若两人，你们彼此很难再看到对方的好，习惯性地指责和数落对方。习惯性让气氛变得糟糕，陷入互相埋怨的情境之中。

如果此刻的你有所警醒，我希望你接下来去找到发生这一切的原因。我并不认为发现缺点是不好的事情，两个人在一起生活，会将自己的所有面向暴露无遗，因此矛盾是不可避免的，我们要做的不是粉饰太平，而是帮助对方找到问题的根源，也帮助自己找到失望的原因。

很多没能走下去的婚姻，都是因为在发现问题时不愿意、没耐心去寻找根源，去解决问题，可是平心而论，当初你与伴侣共同步入婚姻的殿堂，你们决定执子之手，与子偕老的那一刻，是不是觉得对方是世界上最适合自己的那个人呢？是不是相信风雨里亦能不离不弃？是不是打心底里觉得对方是不错的人，你们一起生活让你感到对未来有盼头，这辈子会幸福呢？

毫无疑问，每一对恋爱中的情侣最终说出的都是“我愿意”。

那么是什么导致了你们最后的分道扬镳呢？是什么让对方变成了你的意难平，成了卡在喉咙里那根不致命却痛苦的刺呢？

真相往往很残酷。

真相到底是什么呢？

是你。

是你不善于经营与伴侣的关系，将一段很好的伴侣关系经营得越来越糟糕，将优秀的伴侣经营成了糟糕的伴侣。

答案不在对方身上。

也许你会说：“九哥，你根本不认识我，也不认识我的另一半，你不知道我们之间发生了什么，也不知道对方是个什么样的人，为什么这么武断地告诉我说原因在我身上呢？”

这么说吧，经营一段伴侣关系很像开一间店铺。有的人只要投资开店，就能将店铺经营得红红火火，还有能力扭亏为盈，然而有的人接手了很火的店铺自己经营，要不了多久就倒闭了。同样的位置、同样的内容，换了经营的人，结果可能完全不同。

从小到大，没有哪门课会教我们如何处理与伴侣的关系，很多时候是你浓我浓时一拍脑门就去领证了，实际上根本没有为此做好准备。如果领证的资格是伴侣关系学及格，一定能少很多怨偶。

我想，若是真有这门课，你会知道很多难解的问题，解决的第一步是先从自身找原因。

不好的伴侣关系各有各的问题，但幸福的伴侣关系有着相同的本质，那就是无条件支持对方。

请问，家庭财富花园中最重要的是谁呢？

毫无疑问是你和你的伴侣，你们是这座花园里最重要的两朵花。

如果你们都没有很好地得到滋养，没有盛开，如何让这座花园越来越茂密，又如何吸引到很多的“蝴蝶”呢？

所以请你和你的伴侣尽情地绽放吧！

当你们实现了绽放，彼此活出价值，这座财富花园会给你们带来最好的滋养，哪怕其中一人某天遇到了困难，另一个人也会成为强大的支撑，共同抵御外界的风雨。

经营家庭关系，就是要给自己营造一个能量场域，让处于这个环境中的成员，都能够更好地发挥各自的潜能。

我想分享一下我与太太的故事。

我们结婚之初，我对自己的事业没有十足的把握，手里的资金不多。我在朋友圈里看到一位礼仪和形体方面权威级的老师要来中国开课，于是产生一个想法，支持太太去上课。

原因很简单，我的太太当时正在研究美商，学习如何通过改善形象给女性带来幸福和喜悦，她立志成为相关领域的佼佼者。

在我第一时间将这个老师的课程信息分享给她的时候，她虽然很激动，可是看到为期3天的课程费用需要5万元时，陷入了犹豫。她说："太贵了，以我们现在的收入水平还达不到……"我鼓励她说："这么棒的机会不多，你不是一直想帮助更多女性美商觉醒吗？只有你变得更加美丽优雅，才能让你的学员信服，才能让她们知道跟着你有希望啊！钱可以再挣，但是机会错过了可就是一辈子！"

在我的再三鼓励下，太太鼓起勇气报名了。事到如今，我们都很感激当时一起做了这个正确的决定。

太太不仅学到了自己想要的，还与老师结识，并做了一个大胆的决定——请她来北京授课。

这对我们两个年轻人来说，是一个巨大的挑战。我们需要承担老师的费用，这远比课程费高多了，而且我们并不清楚会有多少人愿意来听课，一切风险需要我们自行承担。

想不想做成这件事？

很想！

能不能做成这件事？

不一定！

但是很肯定的是，我们彼此支持！成了，是我们的第一份共同事业；成不了，我们一起总结经验，下次再战！

有了这样的共识，我们携手迈出了第一步。

结果是，我们成功了。

因为举办了这次活动，太太有了更大的影响力，被各大媒体采访。记得当时北京卫视采访她的时候，我在台下看着那个熠熠生辉的她，打心底里替她，也替我自己感到高兴。这份成就感是建立在我们彼此信任的基础上的，这种感觉远比一个人事业有成幸福百倍千倍！

从自我突破，到实现绽放，我们始终给予对方最大程度的支持和鼓励，也给了对方兜底的信心。

你能想象吗？如果当时那个滑手机的我，看到朋友圈的信息想的是：这个课程也太贵了，千万别让太太看到，又或当她想要把老师请到北京上课，我们却都觉得还没准备好，万一失败了会有很大损失时，那么未来的一切都不会有，她就不会被邀请到世界小姐中国赛区总决赛去做评委。

事实证明，随着她的知名度越来越高，影响力越来越大，自己的事业也越做越好，早就已经把那份学费成倍地赚回来了。

2015年，太太第一次去韩国旅行，临行前我交代她："务必买一个奢侈品包包回来。"因为我不够浪漫，总想着在物质上给她更多，虽然我知道太太对这方面没有太多需求，而且她自己就在美商领域，知道什么最适合自己，但我还是告诉她："别心疼钱，大胆去买吧！"

那个时候，"配得感"这个词还没有开始流行，但是旅行回来后的太太告诉我，她充分地感受到了什么是"我值得拥有最好的"。在专业领域，她已经做得非常好了，但她毕竟只有 20 多岁，有时客户是跨国企业，动辄成百上千的员工，难免会紧张。

都说人靠衣装，形象气质的打造是品牌营销的重要步骤，有了这一加分项，再具备过硬的实力，太太的职业生涯一路风生水起。

太太变得越来越绽放，而这样的她又深深地影响着我，我们互相提携，互相鼓励，百分之百无条件地去支持对方。

现在的她已过 30 岁，是两个孩子的妈妈，但是在我和外人眼中，她还是 20 多岁的样子，不同的是比从前多了温润、从容和自信。有时候看着她，我会神情恍惚、想起我们最初相遇时彼此的模样。

那时候我一个人做着三份工作——运营自己创办的一家公司，销售代理的产品，还与人合伙加入一个平台，在二十出头的年纪有了三种不同的收入来源，但是她一针见血地指出："九哥，你虽然比同龄人优秀很多，可你的这些收入来源都只能属于工作收入，可以带来现金，但不是你的事业，我认为以你的才华完全可以拥有一份属于自己的事业。"

听完她的话，我一瞬间被点醒了！是啊，我所做的一切都属于工作，我停下来收入便停下来了，一刻不得闲，这肯定不是我想要的最终结果，况且我终其一生所追求的也不是钱，我想过得有意义。

我告诉自己，需要想清楚努力的方向，不能累坏了自己，找到最适合自己的路。那时候我们是异地恋，我非常想让她做我的太太，于是一咬牙，停掉自己所有的工作，来到了她的城市。可以说领证的那天，也是我从头再来的那天。

在完全找到自己的方向之前，有很长一段时间，我在帮太太打拼事业。她做自由讲师，我就做她的设计、文案、宣传、课程销售、线下课 DJ 和公关人员，有时候我还客串主持人、摄影师、修图师……哪里需要我，我就去哪里补位。同时，我开始慢慢摸索着做软件研发，找到了自己最想做的事情。

一开始我将自己的积蓄用于研发，后来发现钱不够，在太太的支持下又投入家庭积蓄去研发。两三年，我先后合作过两家公司都没能成功，而投入的资金早已过百万。相形之下，太太进入各大名企去做讲师，可谓名利双收。

我一度陷入愧疚和自责当中，因为家庭的开支都是她在维持，可她一句怨言都没有，反而告诉我："九哥，没有你就没有现在的我，幕后工作一样非常重要，我们的收入是两个人共同努力的结果。"她不只是为了安慰我说说而已，还用实际行动给了我最大程度的支持。我喜欢把自己关在房间里研究各种各样的东西，常常陷入其中而忘了时间，她就替我营造最好的环境，将我们的生活打理得井井有条，让我专心工作。

太太的观念很超前，她敏锐地识别出行业动向，做出了一个很重要的决定——把自己的美商课程置后，支持我打造富而喜悦事业的商业架构。我们一起规划了属于两个人的未来版图，继续携手“打怪升级”。

渐渐地，我们有了自己的学习平台，开发了独立的app，希望通过软件升级能够更好地用为户提供服务。

新事业的开启很难，最初我们选择在北京开课，我们一致认为生活和工作在一线城市的人们对于提升财商的需求更加迫切，太太曾就职知名企业，也了解情商对于职场人来说有多重要，结合时空流沙盘内容，我们还提炼出逆商、觉商、玩商、健商等一系列现代人需要具备的能力。我们的用意很简单，就是希望大家通过课程结合沙盘推演，观照自己的过往人生，总结经验，将错误犯在沙盘里，将智慧带到生活中。

然而理想很丰满，现实很骨感。受限于地域，很多学员没办法从外地赶来上课。我意识到这种模式覆盖面太小了，还没有想出更好的对策，新冠肺炎疫情就暴发了。在我不知道该如何继续时，是太太告诉我要对我们的理念和架构有信心，我们要做的是找到更好的呈现方式。

于是我将焦虑放到一边，开始自己研究各种直播软件和硬件，如何架设线上直播课程。作为我的第一个观众，太太不辞辛苦地陪我调试、演练、修改讲稿……我们一点一点地摸着石头过河，最终实现了每期 2000—3000 名学员，而我也从那个只对着她一个人讲课忍不住笑场的老师，成为一个按键就能轻松切换到与海内外各行各业朋友连麦的主播。

从最初只有 3 名员工，慢慢发展到十几名，我们夫妻俩的事业重心逐渐转移到了我的身上。我始终记得太太对我说的那句话，要把工作转化成事业，我想这不仅仅是我的愿望，也是很多人一生想要实现的梦想。因此在设计时空流沙盘的时候，我也将这个理念融入其中，在财富觉醒训练营和时空流教练营课程中，我也向大家传递着增加事业收入重要性的理念。

我和太太对彼此的信任和支持，使得这段伴侣关系中还多了战友情。我们还投资影视行业，一起在短剧中客串，过了一把演员瘾，并且在经营事业的过程中，持续保持升级和迭代，在地球这个超级游乐场里面，玩得不亦乐乎。

我很感恩低谷时有太太不离不弃的陪伴，相信在走上坡路的我们亦能携手相伴，时时提醒对方不忘来时路，鼓励对方勇敢地去实现梦想，绽放自己。

一朵花在成长的过程中，如果错过了接受光照雨露滋润的机会，会耽误整个花期，会与后续一系列的精彩擦肩而过，所以请把握每次绽放的机会，这是你支持伴侣的最好方式，也是打造你们的家庭财富花园最好的机会！

记得有一次结婚纪念日，我和太太一起在沙发上观看婚礼时的影片，再次重温了我们的结婚誓词，到今天我们也依然是这样想、这样做的。

“亲爱的，在我认识你之前，我一直不知道自己的使命是什么；在我认识你之后，我终于知道了我人生中有一个很重要的使命，就是支持你的生命绽放。”我从太太脸上幸福的表情中，看得出这对她来说有多么重要，而她的幸福对我来说也是最重要的。

我们在一起之后，一路陪伴，一起成长。有时候是她陪我上课，有时候是我去伴读。我们的脚步抵达过新加坡、马来西亚、印度，还一起去了祖国的宝岛台湾，我们一起做学生、志愿者等，这些经历让我们之间不仅有了很多美好的回忆，有永远都聊不腻的共同话题，而且也使得我们拥有了彼此都愿意去奉献的事业，就是如今的富而喜悦事业。

我们想让每个渴望拥有富而喜悦的人，拥有富足、喜悦的生命状态，而在此之前，我们成全了彼此的富而喜悦。

请相信，没有一件事情是无缘无故地发生的，所有的发生都是因为我们曾经所做的决定，是我们的行动累积的结果。家庭财富花园的搭建亦是如此，你如何经营它，它便会如何回报你。你用心血去浇灌、滋养，它便茁壮成长，愈发茂盛；你懒得打理，就别怪它草木萧疏。

诚实面对自己的财务状况

多年前，我去巴厘岛参加一个顶尖课程，当时有嘉宾问道：“现场有多少人是处于负债状态？”

全场只有我一个人大方地承认了。

我很清楚自己的财务报表是负债状态，其核心原因在于我将所有的时间和精力都投放在了研发时空流沙盘上。

如果我是一名全职科研人员，这当然没有问题，然而作为公司的掌舵者，当时公司只有两名员工，没有人做创收的工作，公司的整体经营几乎是停滞的。

磨刀不误砍柴工，可惜当时的我觉醒得太晚了，直到身处负债状态才明白过来。在时空流中有七个财富层级，负债被称为红色层级，也就是赤字。大部分人鲜有勇气去面对真实的财务状况，向别人公开自己的负债情况，想想都会觉得丢人。

众目睽睽之下坦诚说出自己的财务状况非常需要勇气，但我知道敢于直面自己的财务状况，才是真正走向打造财富花园之路。

敢于直面真相，才能基于真相，做出正确的决定。

从那一刻开始，我搞清楚了是什么原因导致我停在那个阶段很长时间。我并没有着急、慌张，因为我知道接下来我一定会翻转人生，我要做的绝不是靠一夜暴富去解决负债，而是勤勤恳恳地打造财富花园。

我将自己的注意力全部放在了打造时空流沙盘上，将所学和失败经验都不遗余力地呈现出来，力求通过时空流沙盘帮助更多的人。

如何直面自己的财务状况，迈出打造财富花园的第一步呢？

读懂财富报表。

突然而来的新冠肺炎疫情，让很多行业陷入寒冬，也给了很多被困在家里的人一个反思自己财务状况的机会。

2020 年初，我的一位朋友拜托我帮他分析财务状况，他把自己的银行流水毫无保留地拿给我看。当时，我发现他眼中流露出的是“没有负债还算可以”的表情，但事实并非如此。

本着帮他认清现实的目的，我用在财富觉醒营给大家的财务体检法来检视他的财务状况。

这个方法不难，你也可以对照着检视自己的财务状况，填写一张专属于你的财富报表。

首先，我要重新帮你定义资产和负债。

资产，是让钱流进你的口袋，而负债，是把钱从你的口袋里掏空。

在这个基础之上去盘点，你会发现，那些原本你以为是资产的，其实都是负债！

比如房子，房子是你的资产吗？

很多人以为房子是资产，但如果你有房贷，且自住，那它就不是你的资产，直到房贷还清前它都是银行的资产。

再来思考，汽车、电脑、手机、家用电器、家居用品，它们是你的资产吗？

这要看在当下，它们的存在有没有让钱流进你的口袋。

比如你是一名网约车司机，你的车可以为你带来收入，那么它就算你的资产；如果不是，它便属于负债，你必须每月承担汽油费、维修费、过路费——都是把你口袋里的钱掏出来。

手机等电子产品和家用电器同理，从你购入的那一天起，就已经开始贬值了。

如今的产品更新迭代的速度飞快，随便打开一个闲置物品交易平台，就会发现你的手机回收价可能连原价的一半都没有，有划痕、破损的更是贬值得厉害。

给你的资产估个值吧，无论是不动产（房子、公司、地皮等），还是动产（资金、存货、短期投资、应收款等），梳理一下你的这些资产，量化一下看看到底有多少。

其次，来看负债部分。

你清算一下自己此刻有没有贷款，信用卡有没有欠款，花呗、借呗、白条等的分期付款都要算上。

清点负债是一件非常痛苦的事，但是相信我，绝对不要再有鸵鸟心态，因为诚实地直面自己的财务状况才是改善的第一步！

等你都计算清楚了，请根据资产和负债，计算出你的净资产。

公式：资产总额－负债总额＝净资产。

如此一来，你会对自己的资产和负债有一个全新的认识。

你还要学会计算自己的时薪。

很多人都是按照年薪和月薪来算自己的收入，实际上，时薪会让你更加直观地看到自己值多少钱。

你有没有想过，从你的第一份工作到现在，这么多年，到底积累了多少财富？获得的报酬是否与你的付出相匹配？

尝试着来换算一下吧！

1. 从哪一年开始工作？（第一份工作）

2. 工作了多少年？（不包括失业时间、医疗问题、休假等）

3. 总共工作多少周数？（年数 ×52）

4. 每天平均工作多少时间？

5. 每周工作多少天数？

6. 每周平均工作多少个小时？

工作总时长 = 总的工作周数 × 每周平均工作的小时数。

通过填写财富报表，便能知道自己的缺失在哪里——这就是最好的觉醒时机。

有的人工作密度超高，但时薪很低，究其原因，是忽略了财富基本盘的打造和拓展更多收入源的通道，无法突破现有的收入水平，也无法承载更多的财富。

那么，我们应该如何解决这个问题呢？

答案是，你要有自己的财富地图。

制定你的财富战略

财富地图，负载着非常多的信息功能。

它让你明白了自己的位置和目标：我在哪里，我要去哪里。

只有对自己有了清晰的认知及明确目标之后，财富地图才能发挥最大的作用。

有了财富地图之后，你就可以制定属于自己的财富战略了。

你需要记住的是，被动收入大于总支出，你才能进入顺流层。

所谓被动收入，就是在你不用工作的时候，依然能为你源源不断地创造收益——所以真正持续稳定的收益一定来自你的固定资产。

接下来你要知道的是，既要会拓疆，还要会守土。

玩团战类游戏时你或许有过这样的体验，就是需要攻守兼备。既要有人清兵线，与敌方正面开战，也要有人守塔，以确保自己阵营不会被攻破，只有这样，赢面才会大。

在创造财富的这条路上，我们每个人都是一支军队，我们要让自己攻守兼备，在确保已有资产不会缩水的情况下，为自己拓展更多收入通道。

我知道这一点很难做到，因为我们会遇到各种各样的艰难险阻，面对无数次抉择。我们既要练内功——确保自己的内心足够强大，还要练招式——足以抵御外界的风雨。

很多年前，我有机会面对面地向马云提问，当时我向他请教了一个问题：“如果有一天，您的使命和价值观跟赚钱有冲突了，该怎么办？”

马云回答说：“全中国 99% 的企业在赚钱，但他们可能未必抓住使命，我以使命感和价值观去赚钱的时候，我心里踏实。我是帮别人，我的团队讲究诚信，讲究拥抱变化，讲究团队合作，我们觉得踏实。这个世界上一定有人比你挣更多的钱，我们做一件事，如果没赚到钱，这件事一定对社会没多大贡献。但是你赚了钱了，未必对社会有贡献。所以我觉得一个真正对社会有贡献的企业，最后它一定是挣钱的，而要有贡献，那就是你的使命、价值观，整套体系建立起来，让它永远可持续地发展，离开这个，你走不远的。”

他还举了一个很生动的例子，这跟练拳是一样的，如果只练外形没有内功，一点用都没有，但光练内功没有外形也不行，要合在一起才是高手。

这次的交流对我来说非常震撼，受到很多启发。

从这一刻我开始思考，我自己要找的“心法”和“内功”是什么？

我不能停留在“术”的层面上练习外形，就像一名销售人员只是锻炼自己的口才，没有找到内心的驱动力，那么最终连自己都说服不了。

想要创造财富必须做到内外兼修，攻守兼备。

手机的组成部分：硬件、系统、app。

人的组成部分：身体、信念、能力。

我们的身体就相当于手机的硬件，我们的信念蓝图就相当于手机的系统，而我们的能力就相当于 app。

人与人之间的差异，最大的原因就在于内在信念，或者说是价值观。

或许有人会疑惑，我跟我的兄弟从小一起长大，成长环境相似，连价值观也相似，可我们还是差异很大的两个人，这是什么原因呢？这就事关手机里所装载的 app——也就是个人能力的不同了。

你装载了各种各样的修图软件、相机滤镜，那么你的能力就体现在手机摄影上了；你装载了很多炒股软件、金融分析软件，那么你的能力也就应用到这些上面了。

如果把学一门技术或一门专业当作你为自己装载的 app，那么有些人应用的是翻译功能，有些人则应用的是治病救人的功能。除此之外，装载翻译软件的人，或许装载了善于沟通的 app，还装载了各种各样的读书软件，而有治病救人能力的人，或许还另外装载了运动 app。装载的 app 越是不同，人和人的差异就越大。

有的人想不通这个道理，总觉得行走在这个社会上靠的是硬件——颜值，于是拼了命地想往主流审美上去靠。我不否认硬件会带来很多好的体验感，但你也要知道，它们没有办法让你走得更远。

人与人相处，到最后看的是你身上装载了多少app，有多少跟对方契合与互补。一个外形再好看的手机，丧失了功能性，除了短暂地被人欣赏之外，很快就会被人淡忘。

但也并不是安装了更多的app就是好事，这就像为什么在同一个教室里的学生，有的人能够学到知识，并且能很好地运用，而有的人怎么也学不会，最后干脆放弃了。这是因为你在提升自己能力的同时，还要时刻记得升级自己的系统，要记得调整自己的规划和信念蓝图。

有什么样的系统就配什么样的app，只有将自己的信念蓝图规划清楚，再有目的地提升相应的能力，才能事半功倍。

我以此为喻是希望你能够透过表面去看到事物的本质，《金刚经》中说："一切有为法，如梦幻泡影。如露亦如电，应作如是观。"我希望你不要被这些梦幻泡影所迷惑，一定要去追寻事物的本质。事实上，一切你以为躺着的收入、被动的收入都是一种虚设，你要破掉这样的相，先去创造一笔丰厚的主动收入，这个是你未来创造被动收入的基础。

时空流用户来信 第 04 封

From: 罗文丽

To：九哥

城市：中国深圳　身份：教育行业活动策划

我是一名90后深圳女孩，毕业8年，从职场人到自由职业者再到自主创业者，我就像深圳这座城市所蕴含的生命力一样野蛮生长。

近两年，我尝试做了许多项目，比如青少年自然教育、学习卡牌、社群运营等，但均以失败告终。

那时，我一度产生了自我怀疑：是不是自己压根就不适合创业呢？

直到遇到时空流，参加了教练营，我才发现，很多枷锁都是自己强加给自己的，只要保持觉察，不断探索和学习，终会找到适合的机会。

在一遍遍地推演沙盘的过程中，我逐渐找到了自己热爱的事业。

时空流沙盘就像一面镜子，帮我照见内在真实的自己，也像指南针，引领我找到方向，激发无限潜能。

我结合自己8年、500+场的活动运营和3年社群运营经验，在深圳成立了启赋财富教练之家社群。

一方面通过时空流，影响更多人富而喜悦；另一方面我们也承接了许多企事业单位的团建、单身联谊、青少年财商等主题沙盘推演活动，帮助解决更多的社会问题。目前已组织了200+场主题活动，服务了3000+用户，收到了很多好评，并以此作为公司非常重要的业务，带来了非常好的效益。

路漫漫其修远兮，吾将上下而求索。

第五章
创造顺流人生的 13 个锦囊

在我们看过的武侠小说里，几乎每一个逆袭的主角都少不了世外高人或绝世秘籍的加持，于是很多人不免会幻想，自己哪天若是能得到人生的通关密钥，是否就能步入顺流？

其实所谓的秘籍也好，密钥也好，或许早就出现在你身上，只是你一无所察。我要做的，也并非凭空变出一把财富之门的钥匙快递给你。

我所要给你的锦囊，已经藏在了你自己的身上，我的作用只不过是帮你找到它并利用它，使它真正发挥价值帮助你。

人这一辈子短短几十年，自我觉醒的时间更是少之又少，大部分时候是被约定俗成的规矩和看似紧迫的时间催促着蒙眼狂奔，根本无暇也无心反观自己。

若你俯视自己已经走过的路，请问哪些转弯或岔路是你经过深思熟虑后做出的决定？从进入社会工作算起，你是不是没思考的时间，甚至都没有给自己任何思考的空间？

整个生命旅程如何规划，是否从来都不在你的考虑范围内？你是否只是麻木地向前奔跑？

有人会说："计划永远赶不上变化，倒不如见招拆招，练得一身随机应变的本事，还能过得轻松很多。"

事实上，做规划也并非要求你一成不变地严格执行，计划本身已经帮你理清了思路，断舍离了很多无意义的事情。

一个没有地图的人，即便跑得很用力，每天拼命地加班赚钱，也只是今天重复昨天，他还会对自己的人生旅途有期待吗？

为什么不试着找到自己的价值所在，过得更丰富一些？

要想让自己创造更加丰富的人生，每个人都需要跨过一道坎，那就是找到自己的热情与生命所在。

大多数人得过且过，任生活的琐碎浇灭了自己的理想和激情，磨平了所有棱角，活成了“一不许动，二不许笑的木头人”。

我要给你的第一个锦囊，就是教你打破木头人的框架！

锦囊一：找到天富

顺流思维的人追求天富，平流和逆流思维的人在寻找自己的天赋。

我要你探索的“天富”不是“天赋”，它们之间有所不同。

如果你的天赋没有给你带来财富的话，我认为这样的天赋是比较遗憾的，或者说没有被你珍视，因为它没有促使你挖掘出自己的潜能。

只有当天赋能带来财富，它才能称得上是天富。

凡·高和毕加索同样是天赋异禀的大画家，历史地位和声誉不相伯仲，可是他们的人生际遇天差地别。

先说荷兰印象派画家凡·高。

他的代表作有《星月夜》《向日葵》及自画像等，他的用色与风格有着强烈的个人色彩，被誉为 19 世纪最杰出的艺术家之一。然而一切功成名遂都是发生在他身后的事，在他短短的 37 年人生当中，可谓穷困潦倒，据说一生仅卖出过一幅作品《阿尔的红色葡萄园 》，售得 400 法郎。

中年的凡·高郁郁不得志，并因此饱受精神疾病的困扰。他一生几乎没有一个朋友，在离世前遇到了至交高更，却也因两人友谊的小船说翻就翻，导致了他割耳、发疯的悲剧。

最终，这位才华横溢的画家用一把左轮手枪瞄准了自己的胸膛，他没有立刻死亡，却也没有求医，直到不治身亡。

凡·高离世之后，他的作品《加歇医生》《蓝色鸢尾花》《没有胡子的自画像》却分别以 5390 万美元、8250 万美元、7150 万美元成交，忽然间，他从圣雷米精神病院的疯子，成了人人竞相追捧的天才画家，实在令人唏嘘。

同样伟大的画家毕加索，命运的轨迹却与凡·高完全相反。

他从小就有惊人的绘画天赋。1889 年，9 岁的毕加索完成了第一件油画作品《斗牛士》，并于 1894 年首度展出。他先后进入巴塞罗那的隆哈美术学校和马德里的皇家圣费南多美术学院就读，又完成油画作品《科学与慈善》，获马德里全国美术展荣誉奖，后来又在马拉加获得金奖。

毕加索的作品——经历了蓝色时期、玫瑰时期、立体主义时期、古典时期、超现实主义时期、蜕变时期、田园时期，每一个时期的作品都能被后人拎出来细细品读，毕加索成为当时欧洲人崇拜的偶像。

不同于凡·高离世后的辉煌，毕加索亲眼见证了自己的辉煌——他是有史以来第一个活着看到自己的作品被收藏进卢浮宫的画家。

1973 年，91 岁的毕加索留下总值达 395 亿元人民币的遗产离世。据统计，他遗世作品高达 3.7 万余件，可谓极其高产了。在世界美术史上，生前就能够拥有如此多财产的画家，从古至今仅此一人。

都是天才画家，二人却走出了完全不同的人生轨迹，你有没有思考过这其中的缘由呢？

很多人认为艺术一旦沾染上铜臭味就不纯粹了，艺术家本身也会有这样的想法，但毕加索显然不同。他在每次出售自己的作品前都会先举办一个画展，邀请各路画商来听听自己画作背后的故事和寓意，从而激发大家的购买欲。

这是不是一种销售行为呢？是的，而且是自我销售！毕加索 1945 年就已经有了将自己打造成品牌的意识。

你可以用现在的商业模式去理解他，将他想象成一位产品经理，他创作、打磨作品，同时负责渠道和营销。法国著名的波尔多木桶酒庄，于 1973 年采用了毕加索亲自为他们设计的酒标，而他并未收取费用，只是接受了一批作为赠礼的葡萄酒。

毕加索深知这批酒贴上自己的标签，将来必然升值，售卖时价格肯定不会与现在同日而语。

我再来举个例子，你被网红经济套路过吗？你试过为一杯普通的奶茶或一顿普通的餐食排队好几个小时吗？它们真的值得你花费半天甚至更多的时间去享用吗？那些跟你一起排队的人都是顾客吗？

曾经有人戳穿了某品牌的营销套路，排队有托儿，酒吧有氛围组，为的是让你心甘情愿产生购买欲望。而这一招，毕加索早就用过了！

他曾雇人光顾巴黎的画廊，问画廊老板："在哪里可以买得到毕加索的画？"

时间久了，很多画廊老板有了一个共同的疑惑："毕加索是谁？"

强烈的好奇心和市场需求，让他们对毕加索的作品趋之若鹜，如此一来，他的大作出现在巴黎大大小小的画廊，知名度更是得到了极大的提升。

我们很多人一直在追求天赋，却忘记了将天赋转化为财富，而我想告诉你的是，你不仅要找到自己擅长的事，还要找到能够帮助这其中你创造财富的部分。

清贫一生的伟人固然值得尊敬，可是如果他们的才华能得到相应的回报，支撑他们过上更好的生活，那不是两全其美吗？

如何找到天富？

第一步，你准备一张纸和一支笔，写下自己擅长做的事情是什么。

去找那些你特别擅长，甚至是无师自通就会的东西，那些你比其他人做起来更容易上手的事情。

从小到大你觉得自己做得比较好的事情有哪些？别人眼中的你又擅长什么呢？比如擅长跟人沟通交流、擅长演讲……

还有人问我："我擅长洗碗可以吗？"

当然可以啦！

擅长洗碗、收拾屋子、做菜都是很棒的技能啊！

无论你的擅长是什么，都将它写下来，列一个清单，让自己的思考范围尽可能地广一些，各个方面都能写，这样一来你会发现，你以为自己没什么擅长的事情，实则不然。

有些人这辈子都没有找到自己擅长的事情，其实是因为从未仔细思考过。

发现别人琴棋书画样样擅长，反观自己在这些方面没有作为，就认为自己没有什么可擅长的，实在不可取。

第二步，你需要找一个安静的地方，把你最喜欢做的事情列出来。

可以是玩游戏、睡觉、吃美食、看书、追剧、旅行等，通通都可以！

做自己喜欢的事情，会让人乐此不疲。

你无须顾忌自己喜欢的是不是主流，会不会被人鄙视，这是一场你与自己内心的对话，你要绝对诚实。

第三步，请把你想实现的人生目标、梦想写下来。

这辈子你最想要的生活是什么？想要取得的成就是什么？

无论是依山傍水的独栋别墅、市中心电梯入户的大平层、拥有一位灵魂伴侣，还是环球旅行、探索外太空，把它们统统写下来，让自己回到小时候那种无惧无畏的状态。

可能这个清单会很长，但是希望你不要为它设置任何的限制，先不要去想实现起来有多困难，只管写下来。

第四步，将三份清单放在同一平面上，然后依次将相同或相似的地方圈起来。

这样做的目的是帮你找到擅长、喜欢、想要之间交集的部分。

你会发现，随着交集变多，答案也会越来越清晰。

那些被你圈出来共同的部分，就是最有可能成为你天富的部分，甚至你做到了这些，就能拥有财务自由、无忧无虑的人生。

我一直坚信，我们是带着富而喜悦来到这个世界的，只是随着时间的推移被淡忘了。我要做的就是带你去探索自身和你周遭的哪些人能帮你实现。

有人喜欢美食，于是做起了吃播博主。他们一场直播收到的打赏，可能比普通人一个月的工资还要高。

有人擅长写文字，想过无拘无束的生活，那么可不可以做个旅行作家呢？走到哪儿就写到哪儿，写出来投稿赚取稿费，然后继续前往下一站，体验更多的生活，拓展眼界，再将自己看到的世界变成文字养活自己。

这些都是天富，它能帮你安身立命，幸运的话还能让你活得很滋润。

我有一个特别喜欢钓鱼的朋友，他不仅深谙钓鱼的方法，还能区分各种鱼类，最重要的是，他很擅长烹饪鱼。

一开始，这项技能和爱好“便宜”了他身边的人——能吃到他亲手钓上来、精心挑选和烹饪的最新鲜的鱼。后来，随着他技艺越来越娴熟，他决定开一家烤鱼店。

酒香不怕巷子深，他的厨艺经口口相传，越来越出名，慢慢地有人慕名来吃鱼，也陆续有人来找他学习烹饪鱼的方法。于是，他开始收徒，还计划开分店。

我亲历了他将自己擅长和热爱的事情变成事业的过程，这就是天富。

前文提到的日本作家近藤麻理惠，我相信很多人都听说过她的名字。

她将自己收拾屋子的经验和心得整理成了《怦然心动的人生整理魔法》，教授人们按照心动的标准选择物品，按照先丢东西后收纳的顺序，按照物品类别进行一次性、短期、完善的整理，很多人因此受益，不仅学会了整理屋子，还学会了整理自己的思路和人生。

她就是一个成功地将看似普通的擅长变成天富的典型案例。

在此之前你能想到吗？原来会收纳也能为自己带来财富，甚至带来远远超过预期的财富。

它完全跳脱出了我们对擅长的刻板印象，让我们从琴棋书画中清醒过来，明白任何事情我们都可以，任何擅长也都能给我们带来机会。

这就是我想让你学会的探索，不是为了生存去赚钱，而是为了享受生命，让钱自然来到你的身边。

最后，我想以自己为例，告诉你我是如何通过以上方法来分析自己并找到自己的热爱的。

首先，学生时期我就发现自己非常擅长收集和整理资料，或者说是擅长从海量的信息中找到重点，从文献和笔记中提炼精华。最直接的表现就是我会把老师在课堂上所讲的内容，很快整理成方便我自己理解的笔记——而且往往大部分时候这些内容都是考点。

不仅如此，我还非常擅长将复杂的问题变得简明易懂，并能够教给原本没有学会或不能理解的同学，让他们以更好接受的方式学会知识。

我还记得高中时代，有的同学上课跟不上老师的思路，下课会拿着练习题来问我，并且在我教他之后告诉我："你讲的比老师讲的好理解。"

实际上，我怎么可能比老师的知识更渊博呢？我只不过是懂得同学之间如何交流，能够从自己的角度去总结和理解问题罢了。

我想，这也是因为我擅长以简驭繁。

成年之后，我懂得了"真传一句话，假传万卷书"的道理，明白了真正的高手往往是一招制敌，绝不拖泥带水。能用一句话说明白的事情，无须过多地繁杂解释，这样才能真正认清实质、抓住关键，真正帮助我们解决问题。

其次，我喜欢什么呢？

这个问题让我思考了很久。

它看似简单，我相信你的清单上也写了不少，但是抛开那些仅能为我带来稍纵即逝乐趣的事物，真正能让我乐此不疲，甚至废寝忘食也毫无察觉的是什么呢？

最后，我的清单上留下一行字："我喜欢创作，我喜欢研究新事物。"

当处于创作过程中时，我能感受到持续不断的、比任何事情带给我快乐都深远的感觉。

我喜欢挖掘新事物，喜欢研究软件，喜欢利用自己独处的空间去构想一个新点子，丝毫察觉不到时间的流逝，更不会觉得孤独。

有的人会觉是得我在闭门造车，而家人和亲友知道我又着迷于新的事物了，会给我足够的空间，让我尽情地做自己喜欢的事情，对这一点，我充满感激。

我问自己，想要什么？

是一台最顶配的电脑、一辆豪车，还是彻底实现财务自由？

都算，也都不算。

这些要么太具体，要么太空泛，我想要的应该是一种比较确定的人生状态。

于是我划掉了清单上的很多目标，留下最后一个："我希望我能自由地做我喜欢的事，在世界上任何地方，在我想开始的任何时间，如果这件事还能为我带来收益那就最好不过了！"

是的，这个"我想要"其实透露着我渴望对自己的人生拥有绝对的掌控权，财务自由只不过是其中一部分的自由。

这远比一台电脑、一辆豪车要难得多！

然而我没有退缩，我将擅长和喜欢的事情结合起来，倾尽所学，埋头苦心研究，究竟是擅长支撑着喜欢，还是喜欢鼓励着擅长，现在想来已经不那么重要了。总之，它们让我坚持了下来，这才有了时空流沙盘。

这套时空流沙盘，从它在我脑海中萌生，到最后落地，不多不少 999 天。我觉得非常有意思，冥冥之中像是我向宇宙下了一份"订单"，然后按时到货了。

时空流沙盘成型之后，问题来了，我该如何将它进一步结合到"我想要"的人生状态中去呢？

我开始尝试打造一个能让它在线上运转的体系，把整个事业都放到云端。

我的学员在云端，我跟同事在云端开会推进工作，互联网是我们推演的介质，地域无法成为我们的阻隔。如此一来，解放的不仅仅是我这个老板，还有这个体系中所有的人。

我可以实现云办公，可以一边陪伴家人一边旅居，可以在大理的春天看草长莺飞，也能去青岛的海边咖啡馆坐着跟同事们开会。不仅如此，这份工作还帮到了越来越多的人，让我看到逆流层中有人因此坚强起来，平流层中有人因此成长起来，顺流层中有人因此喜悦起来。

这样的生活，就是我从前梦寐以求的啊！

我通过对自己天富之路的探索，找到了擅长、喜欢和想要之间的交集，找到了最好的平衡点，我认为你也可以。

相信我，当你的工作看起来越来越不像工作的时候，当你在享受生活的时候，才是你离财富最近的时候。

在探索天富之路上，你会渐渐找到自己的使命，找到自己的愿景和价值。如此一来，想要进入顺流人生就容易得多了。

时空流用户来信
第 05 封

From: 汪裕翔

To: 九哥

城市：中国深圳　身份：金融行业从业者

超级兴奋想和你分享，我接近实现富而喜悦的人生和影响他人过上富而喜悦的生命状态。

3 年前，我很难想象自己可以做到。

我是一名 8 年金融行业从业者，我在 2015 年，29 岁的年龄，经历了股灾，亏了 100 万元，卖了深圳的一套房。那时候不知道自己为什么那么背和运气不好，遇上了股灾，后悔没有在赚钱的时候退出股市，让自己背负了 40 万元左右的债务。

我在 2020 年 5 月 27 日第一次玩时空流沙盘推演，从此开启了我人生量子飞跃转变之路。把推演启发带到生活中，第二天就把我的保时捷卖了，还清了债务，这是沙盘推演财务报表给我带来的启发。后来在财富觉醒营知道了这叫财富之术，让我从“受难者”变成了一名“幸存者”。

通过时空流教练营的启发，又让我从一名“幸存者”变成了一名“独奏者”，提升了认知，学习了富而喜悦的架构，最重要的是我把此运用到夫妻关系中，使关系得到很好的改善。

我 2014 年结婚，2022 年 1 月和太太因为矛盾闹到了派出所。第二天，我在时空流沙盘中抽了一张“爱是化解一切的力量”的觉察牌，真诚地向太太道歉，表达了我对她的爱，我们和好如初。之后，我们彼此关心照顾，关系变得更加亲密了。

锦囊二：设定目标

顺流思维的人给自己设定好目标，平流和逆流思维的人不重视目标。

只是找到天富之路还是远远不够的，就像烹饪一顿佳肴一样不能只有食材，我们还需要佐料来让食物变得味美。

而设定并管理目标，就是重要的佐料。

《管理的实践》一书中提出SMART原则，它被很多大企业奉为目标管理原则。其中，S代表具体(Specific)，M代表可度量(Measurable)，A代表可实现(Attainable)，R代表相关性(Relevant)，T代表有时限(Time-bound)。

无论你先前有没有接触过这一原则，都可以尝试将它运用到管理自己的人生目标当中去。因为目标的设定和执行，是完成任务最重要的部分。

我们能不能在某一领域持续发展，取决于有没有设定目标并持续耕耘，如果抓不住天赋之才，最终会一事无成。

最典型的例子，大概就是王安石笔下的方仲永了。方仲永天资过人，无师自通，提笔成诗，名震乡里，然而被父亲当作赚钱工具，不让他继续学习新知识，最后成为普通人。《伤仲永》文末一句“泯然众人矣”，道尽了无奈之情，也道出了后天教育和学习对成才的重要作用。

没有把老天爷赏饭吃的天赋发挥到极致，没有为自己设定目标是不是一件特别遗憾的事呢？方仲永比普通人有更高的起点，却没能走得更远，我们普通人若是不重视目标，又该拿什么与人竞争呢？

我人生中第一个重要的目标，就是考上中学。

我是因为看到伙伴过早辍学结婚生子有了觉醒，于是为自己定下了这个目标，原因也很简单——如果我考不上中学，这辈子就没有读书的机会了。

围绕这一目标，我拼命读书，但凡能提高成绩的方法我都愿意尝试，牺牲掉玩耍休息时间我也无怨无悔。我紧紧盯着目标努力，最后以第一名的成绩考上中学。

这一次小目标的达成，让我尝到了成功的喜悦，让一个小小少年对目标的重要性有了初步的认知。我开始明白，目标就像一座灯塔，在谁也说不清前路的人生之旅中，为我们指引方向。

回想当初我为自己设定考上中学的目标，其实下定决心之前对自己也是有过怀疑的。

对我这个成绩在班里倒数几名的学生，老师和家长其实没抱太大希望，也并不认为我考不上中学是件很难接受的事情。若是我得过且过，这一生也就过去了，怎样生活不是生活呢？

然而我的信念战胜了怀疑，也战胜了我对失败的恐惧。

我不怕别人说“你怎么可能考第一”，我怕的是自己也认为这辈子就这样了。

目标，就是站出来传播正确的财富观念。

最初有这个想法萌芽的时候，我什么都没有。

第一，没有名气；第二，没有任何开课的经验。

我决定站出来，只是看到很多错误财富观念导致悲剧发生的真实案例，特别是看到一则新闻报道，说一位女大学生因为裸贷跳楼自杀，这让我深受触动。

那时候我对自己说，必须得做些什么了。

我的想法千头万绪，想做的事很多，想说的话也很多，从哪里开始呢？我给自己定下了一个阶段性的目标，那就是 3 个月之内在北京举办一场以财商为主题的线下课程。

有了这个清晰的目标之后，我所有的行动都围绕这个目标展开。

我开始思考如何招生，如何得到一些资源上的支持，我开始思考怎样做宣传，让更多的人愿意来听我聊这个话题。

我在朋友圈发起了一个调查问卷，向所有人提出了这样的问题：关于财富和金钱，你最想学的内容是什么，目前面临的困惑是什么？

收集到资料之后，我再带着这些需求去研发我的课程。

我的行动路径完全是目标导向的，没有人要求我做什么，没有人鞭策我，一切都依靠我的初心和自驱力。

试想，如果当时是一个模糊的目标，比如当世界首富、赚到 10 个亿等，这并不会给我带来很大的驱动力。

正是因为我的目标有期限，还有具体的要求，我才能在 2016 年 7 月 16 日和 17 日，如愿以偿开启了我人生中第一场为期两天的线下课程。

在这之前，我从来没有相关经验，可就是因为设定了目标，并为此付诸行动，一切才得以发生。

当时我心里期待的学员人数是 20 人，虽然最后只有 15 人参加，但是因为学员们的反馈非常好，经口口相传，越来越多的人前来咨询，这让我信心大增，同时也打响了我进入商业培训领域的第一枪。

回想迈出的这第一步，我认为，清晰的目标给了我打开新世界大门的钥匙。

那时候我思考的是什么时间开课、开课地点在哪里、招多少人合适等一些十分具体的问题，我把每一个具体的问题拆分成了任务，为此制订行动计划，才有了后来的一切。

我知道很多人有各种各样的创意，也有很强的创造力抑或天赋，可是当某个想法在大脑中一闪而过，让你晚上难以入睡，热血沸腾的时候，如果你没有将其进一步细化，它就会在白天溜走。

没有被认真对待的想法，便不能称之为目标。只有为它设定相应的期限和具体化的路径，才有实现的可能性。

在我为了实现第一阶段目标的那 3 个月里，每次想到有可能会成功，我的内心都会生出无穷的力量，但我也遇到过非常大的心理挑战，比如我不敢把自己暴露在公众面前，我不敢用自己的照片去做课程海报，自我怀疑：大家会不会觉得这位老师长得不好看，普通话不好，没有老师的气质？

理智上我知道课程内容才是最重要的，情感上却很害怕被人指指点点。

我只能调整心态，因为我知道这是必经之路，既然选择了成为一名财富观念的分享者，难免要站出来被评价检视。我所做的一切，都是为了最终实现目标，传递正确的财富观念，让类似裸贷这样的事情不再发生。

这样一来，我的心理压力就没有那么大了。

很多时候，人们之所以不敢设定目标，是因为在过去的人生当中，目标设定完之后没有完成，失败的滋味一点也不好受，或许还伴随着嘲笑与奚落，因此越来越不敢给自己设定目标。

但我想告诉你的是，失败不是因为设定了目标，而是取决于你究竟设定了什么样的目标，以及设定目标后你是怎样做的。

首先，我们要确保有一个好的目标。

什么是好的目标呢？有一个很简单有效的衡量方式就是，让你感觉好的目标就是好目标。

当我第一次跟我的学员分享这句话的时候，有人表示不可思议："九哥，你说得太简单了吧？我学了各种各样设定目标的方法，看了那么多书，听了那么多场讲座，你用一句话就搞定了？"

还真是这样的，感觉好的目标就是好目标。

它不会模糊不清，不会给你带来过大的压力，也不会让你没有成就感，相反还会给你动力去执行，让你时不时地尝到甜头。

感觉好——这是你的心灵告诉你的事，是你的大脑认为舒适的目标。

举个例子，当我要求你为自己设定一个小目标时，你回答说："明年的今天我要赚到 10 个亿。"

说完你会有什么感觉？

这意味着未来的 12 个月，每个月你得有 800 多万元入账。

你是告诉我"我只是开个玩笑"，还是"这也太有挑战性了，让我热血沸腾"？

如果是后者，证明对你来说是个好目标。

相反你的实力没到，所谓的目标只是"玩笑"，那就实际一点，为自己定一个可行性高的目标。

你可以告诉我："我的目标是明年的收入翻倍！"

今年赚了 10 万元，明年想赚 20 万元，如果你感觉很有动力，感觉挑战一下也能够得着，这就是一个好目标，是一个能激起你的斗志，又在你可以够得着的范围内的目标。

回想高考填报志愿的时候，我给自己设定的目标不是北大或清华，那对我来说是 10 亿元的目标，让我觉得像个不敢多想的玩笑，因此我要求自己考上一所北京的 211 大学，以此作为努力的方向。我为自己找到 4 所挑战一下可以够得上的大学，把它们列在纸上也记在心里，让它们成为我求学路上的灯塔，一如从前指引我考上中学的那一座灯塔一样。

再就是我的第一场线下课程，我给自己定的学员人数目标是 20 个，而如今，富而喜悦文化已在全球范围传播，学员人数早已过万。当初的 20 人，是我认为自己努力就能达成的好目标，相反如果那时我就把目标定成学员过万，那就只能是痴人说梦了。

好目标不仅成就了我的学业和事业，而且还成就了我的爱情。

2013 年，我和太太苓馨在一场微博营销课堂上相遇，当时我坐在观众席，她在讲台上竞选班长。气质出众、长相甜美、口才绝佳的她很快就吸引了所有人的目光，也得到了很高的票数，而单身的我，不只为眼前这位女士的才华折服，还忍不住在想，我能不能追上她。

是的，抛开感情因素不谈，她对我来说是一个身心一致的好目标，是一个很棒的伴侣。

追求她的过程中也不是没有人打击过我，身边的朋友说："你怎么敢追求女神？"

是啊，世俗眼光下我们不可能在一起，当时事业没有着落，没房没车，我怎么敢？

这像极了当初在班里倒数几名的我立志考上中学的

时候。

然而目标一旦设定，就没有退缩的道理。我经常在班级上做一些吸引人眼球的事情，我把微信朋友圈经营得很有趣，我快速修改我的微博昵称让她的昵称跟我产生关联性……我想尽办法打动女神的心，而且在接触的过程中我发现越是了解她，就越是坚定了我想娶到她信念。最终，我成功了。

发生在我身上这些看似不可能的事情，都源自我为自己定下的好目标，学业、事业、爱情，都是可以设定目标的，而且你的目标越是让你感觉舒服，达到的可能性就会越高。

我希望为你自己的每一个维度去设定一个的目标，成长、工作、财富、健康、人际关系、公益……写出那个让你感觉很好的目标。

如果你的目标可以量化，那最好不过了，它会让一切更加清晰，更加有迹可循，它会让你时刻意识到自己进展到了什么阶段。比如跟心仪的对象约会 5 次，比如体脂保持在 15%，比如 3 个月减脂 5 公斤，等等。

让这些感觉好的目标与 SMART 原则相结合，终有一天你会发现：人生没有白走的路，每一步都算数！

时空流用户来信
第 06 封

From: 龚忻平

To：九哥

城市：中国台北　　身份：全职妈妈

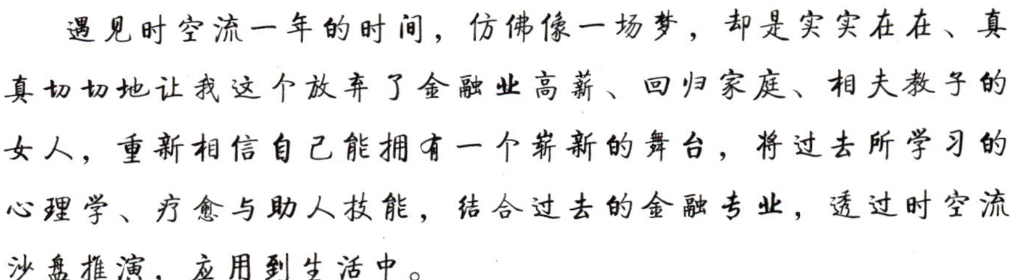

遇见时空流一年的时间，仿佛像一场梦，却是实实在在、真真切切地让我这个放弃了金融业高薪、回归家庭、相夫教子的女人，重新相信自己能拥有一个崭新的舞台，将过去所学习的心理学、疗愈与助人技能，结合过去的金融专业，透过时空流沙盘推演，应用到生活中。

然而，第一次推演过后的我，内在却产生了深深的不甘。一个45岁的女人、在家12年的全职妈妈，人生再也没有可以大显身手的机会了吗？如果60岁才退休，现在才45岁就放弃的我，有什么资格对我的女儿们说："妈妈是一个勇敢冒险的灵魂，妈妈是一个身怀绝技的高手，妈妈拥有丰富的内在智慧与坚定的勇气。妈妈，是你们的榜样，是你们的骄傲。"我突然感到强烈的不甘，我不愿人生仅止于此。我怀念那个曾经带领20人的拨款部门主管的自己，怀念那个抬头挺胸身为金融商品企划的自己，怀念那个意气风发的自己。

我像是被一次次摇醒的孩子，一次次找回属于自己的力量，看见自己内在的智慧，相信自己拥有改写人生的权力。如今，我创办企业，成为团队领导者，我已经不再是那个只会围着孩子老公转的女人了。

感恩遇见，才有了如今华丽转身的自己！

锦囊三：强化感觉

顺流思维的人不断强化实现目标的感觉，平流和逆流思维的人不断重复设定目标再把目标丢一旁。

欢迎你打开第三个锦囊。

相信你和你身边的人都会有这样的经历，好像每年都在设定目标，可是下一年都在重复之前没有完成的目标，又或是因为自己的行动力不够强，心烦意乱，再也不愿为自己设定目标。

很多时候，目标都停留在嘴上和纸上，一到行动就消失不见了。

而强化感觉就是我要你打破恶性循环的关键秘方。

如果你看过《秘密》这本书，就会知道为什么吸引力法则会风靡全球。

吸引力法则说的是当你的思想集中在某一领域的时候，与这个领域相关的人、事、物就会被吸引而来。

在我看来，吸引力法则与强化感觉有着很多共通之处。

我在这里所说的强化感觉是强化目标实现之后的喜悦感，是一个增强信念感的好办法，而吸引力法则无疑也在帮你增强信念。

你有没有体会过，我们在设定目标的时候其实是很兴奋的，有时候热血沸腾，恨不得整夜不睡立即做出行动，感觉下一秒就能尝到目标实现的美妙滋味了。可是不到一周，热血就凉了下来……或者有人能坚持一个月、一个季度，但最后殊途同归，都把目标抛到九霄云外去了。

这一切源于什么呢？

我认为是因为没有去强化实现目标的感觉。

人是感觉动物，我们会为感觉买单，我们会在感觉好的时候消费，有的人还会在感觉好的时候做一些平常不想做的事情。事实上，任何目标的实现，都必须为其注入感觉，当感觉越来越强烈的时候，你会自然而然地去想方设法实现目标，甚至各种各样的资源都会来到你身边，帮助你达成目标。

那么什么叫感觉呢？

假设你想减肥，给自己设定的目标是 3 个月减重 10 公斤。

10 公斤只是一个空洞的数字而已，如果在你设定这个数字的时刻感觉非常好，感觉实现有望，感觉热血沸腾，那证明你是通过自己的逻辑思考后得到的这一合理数值。

如果你的潜意识已经把减肥 10 公斤与可以穿更好看的衣服，可以更自信，可以更自律，会有更好的亲密关系这些关联起来，你就开始有感觉了。

那么如何强化这种感觉呢？你可以这样想：当我减掉 10 公斤之后，我的血脂下降了，身体变得更加健康轻盈；当我减掉 10 公斤之后，我没那么容易犯困了，不会把时间都浪费在睡眠上，可以去丰富娱乐生活，也可以去学习、成长；当我减掉 10 公斤之后，合影时我不会再躲到所有人的后面，我甚至有自信站在 C 位，享受成为主角的感觉；当我减掉 10 公斤之后，我的膝盖不会因为承受过度的重量而发痛，我运动时也不会喘得那么厉害，我的家人也不用再担心我由于肥胖引起的并发症……

你发现了吗？你可以写出很多条这个目标达成之后的好处，这种好处产生的画面给你带来的各种感觉，会让你持续为这个目标而努力。

感觉相当于我们提前去享受目标达成的快感，这种快感是可以练习的。而且随着你的练习，强化的次数越来越多，你会感觉它就像真正发生了一样，最后不需要任何人去督促，你自然而然地就会去努力实现目标。

每次我回想起自己小升初时主动去学习的状态，都有点钦佩自己。那时候我们那里还没有普及九年义务教育，因此考不上初中的孩子很可能就此与读书无缘了。我就坐在家里的小阳台上，望着大山之外镇上那所中学的方向想象，帮自己强化感觉。

我想着再过几个月就可以离开家去体验自己独立生活的感觉了，可以认识其他村子里的同学，可以学到更多的知识，这一切都令我心潮澎湃，以至于连写作业都成为一件充满意义的事情。

这就是强化感觉的作用！

请你短暂地忘记实现目标你要付出哪些努力、经历哪些辛苦，去幻想已经成功的你会拥有什么样的收获，这会让一切变得简单起来。

高中时期，除了埋头学习，我还做了一件强化感觉的事情，就是给我心仪高校的招生办写信，信的内容也很简单，就是请求他们能寄一份招生简章给我。

通常，招生简章上面会附有学校的照片，我将收到的所有招生简章贴在自己的房间里，每到学习没有劲头或是需要休息的时候，我就会望着墙上的照片出神。

那时候的我最喜欢的事情就是一边听着班得瑞，一边幻想着自己走在照片中校园小路上的情景。

我的想象力极其丰富，我会幻想自己是如何去食堂吃饭或如何去自习室占位置，也会幻想有个女朋友，我们牵着手走过操场和林荫小道，这些幻想为我强化感觉。

当我开始创作时空流的时候，我能够感受到自己正在创作一件伟大的作品，就像米开朗琪罗创作《大卫》、达·芬奇创作《蒙娜丽莎》一样。我想象到这款作品将会影响数以亿计的人，会被翻译成多种语言，我甚至把这种画面放在了 90 厘米 ×50 厘米的大相框里面挂在我的卧室，每天起床和睡觉时都会看到。

你知道有多神奇吗？两年后当我再去认真看我的梦想画框时，我惊讶地发现，画框里面的这个目标居然已经变成了现实。

这对于我来说是人生中非常美妙而又神奇的体验，我深刻感受到了强化目标的威力。

如果没有这种强化，随着时间的推移，我们的目标会被淡化，甚至会被遗忘，被生活中横生的枝节阻断。

这种通过画面给自己产生积极心理暗示的方法非常有效，我是在后来才发现自己并非唯一使用这一方法的人。

直到后来我看到一部纪录片中提起美国宇航局训练宇航员的方法，才知道这种方法其实有一个学名，叫作观想。

它是宇航员登陆月球之前的一种脑力训练，训练大家到达月球之后要做的动作和要完成的事。

只有他们在脑海中不断强化这种感觉，到实际发生的时候才有心理准备，以及确保身体能更好地适应。

强化感觉给人以超乎想象的力量，能在你疲惫和想要退缩的时候助你一臂之力，而且它停留在你脑海中的时间会比你认为的还要长久。

直到今天，我听到班得瑞，依然能回忆起自己当初幻想中的那些画面，也能够感受到这些观想带给我的力量。

它支撑着我每天早上五六点钟起床学习，晚上做试卷到十一二点才休息，我不觉得累，相反这种经历让我十分快乐，觉得自己的努力奋斗是有意义的。

同样地，大学时期当我需要靠自己赚钱去澳大利亚学习的时候，强化感觉也帮了我不少忙。我沿用了贴照片的暗示方法，把自己的电脑桌面换成黄金海岸的背景图，只要打开电脑就能想起自己的目标，时间久了它就成为刻在我脑海里无法磨灭的一部分。

每天晚上我都幻想着前往澳大利亚的游学生活会是什么样的，然后带着充实感和满满的富足感睡去，第二天再充满干劲地起来。

北方的冬天有多冷，相信经历过的人都忘不了，而我居然能够雷打不动地每天早上 6 点钟起床去学英语，并且觉得这是一件非常顺其自然的事情。

这一切都是由于我不停地在强化实现目标的感觉，这种美好的感觉会帮你转化掉你现在坚持行动带来的痛苦。

我想跟你分享的也是这一点，现在就开始思考实现目标之后的收获吧，这样你坚持下去的概率会大幅度增加。

再举一个我把强化感觉运用到商业上的案例。

罗杰 · 汉密尔顿是财富教育领域的大师级人物。

多年前，我刚刚接触他的天赋源动力系统的时候，我觉得非常棒！那是一种能很好地指导人们找到自己天赋，并通过天赋去创造价值，然后让自己的人生变得顺流的系统。

作为他的一名学员，我在自己财务状况很一般的时候就暗暗定下了一个目标：未来我要跟他合作！

这个目标不只是被我用纸笔写了下来，我还为此做了一张图——用新闻播报的形式，画面上正报道我所研发的时空流产品大卖，还与罗杰 · 汉密尔顿的天赋源动力系统做了完美的结合！

每天早上起床我会看一遍，睡前也会看一遍，持续了有

3 年的时间。

这 3 年中，我依然有重要的事情要忙，它也并不是我唯一想要实现的目标，可是强化感觉的效果就是这么神奇，大概两年半后，突然有朋友为我牵线搭桥，让我认识了罗杰·汉密尔顿团队的人，就这么顺理成章地，我们达成了非常棒的战略合作。

最令我激动的是，我们不仅将天赋源动力系统跟时空流做了完美的融合，还达成了将时空流跟天赋源动力融合，带到海外的共识，并形成了初步计划。

我想，强化感觉就像给自己导航一样，有了这种指引后，即便你在旅途中还有一个个想要攻克的小目标，还有想要看的风景和其他暂时休息的目的地，却因为导航始终在那里，你最终还是会朝着那个方向而去。

强化感觉的暗示就是这么重要。

强化感觉，在人情交往中我也有所感受。

那是我和太太谈恋爱时发生的事。

我第一次正式拜访她的父母之前非常紧张，生怕他们不放心把宝贝女儿交给我，该带什么见面礼成了我最大的难题。

我想过买些名烟名酒名茶，可是一转念，未来他们也会是我的父母啊！我会给自己的父母送烟酒吗？不会的！我恨不得他们离所有对身体有害的东西都远远的，那我何必做这些表面功夫呢？不如真的投其所好，送一些实用的。

我事先了解到，岳母十分喜欢做菜，且厨艺很好。思前想后，我买了一组品质非常好的锅具作为礼物。在我登门那一天，我从岳母的表情中明白自己的选择是对的。

我对礼物的用心，一定程度上说明了我对太太的用心和珍视，这就是父母最在意的啊！比起所有外在的物质条件，一个人靠不靠谱得从这些地方考量。

第一关就这样过了，我给他们留下了不错的印象，这种印象持续了很久，在某次我和太太有矛盾的时候，我意外地发现岳母是站在我这边的，太太告诉我："每次妈妈做菜都会念叨你送的锅特别好，时间久了就变成夸你这个人特别好。"

我想，这也是强化感觉带来的结果。当你的用心被别人感受到，甚至是常常感受到时，久而久之，你自然也会得到同样的回应。

哈佛大学心理学博士斯金纳曾提出强化规律，从其最基本的形式来讲，指的是对一种行为的肯定或否定的后果（报酬或惩罚），它至少在一定程度上会决定这种行为在今后是否会重复发生。

我在上文中所强调的即斯金纳博士理论中的正强化部分，它是给予一个愉快刺激，从而增强其行为出现的概率。简单来说，就是表扬自己、认可自己、鼓励自己，给自己更多积极的心理暗示，相反如果我们走入了负强化的迷宫，总是执迷于失败带来的痛苦、惩罚、厌恶感，则会将自己推入消极的境地。

我希望你能够有意识地培养自己的正强化思维，调动起自己的积极性和主动性，避免被负面情绪干扰，让自己的心理变得越来越强大，强大到能够承受生活的风雨，也能够承受目标没有实现的结果。

不必急着去实现目标，不必急着向这个世界证明自己有多厉害，先去为自己打造一颗强大的心脏吧！

时空流用户来信
第 07 封

From: 陈锋玲

To：九哥

城市：荷兰锡德塔　身份：全职妈妈

为了给两个女儿最快乐的学习环境，我离开家乡台湾来到荷兰定居，曾在事业上有过高光时刻的我，成了全职妈妈，遇上了全球大疫情，打乱了原本对欧洲生活的美好想象。

3 年后的此时，我满怀感恩，三生有幸，带着好奇心打开魔法宝盒，开启我全方面的丰富人生。

时空流让我人在家中透过云推演连结全世界，将我的客户拓展到 32 个国家，拥有年入百万的能力。富而喜悦事业，让我收获了有着相同价值观、共同使命的数百位事业伙伴。2022 年，我在北京成立了自己的文化传播公司，聘请了特别助理，自己都觉得不可思议。

疫情防控期间停学超过半年，孩子们陪在我身边参与全球推演，现在7岁和9岁的两个女儿，可以中英文双语参与时空流推演。我有一个觉醒的脑袋，推演时选环球旅行的梦想，我们计划在新的一年带着全家环球旅行，一套沙盘走天下：4月英国，8月新加坡，10月德国，12月我们要带着她们非常期待的明日之星青少年沙盘在美国的Disney Wish邮轮上推演庆祝跨年！

带着推演的觉察、回应力的练习，我跟老公的关系更加甜蜜了，拥有了将配偶经营成资产的能力，老公拿下公司最大的订单，年收入翻3倍。运用财富战略地图，我们买了第三间房，增加了6种新的被动收入管道。3年达成家庭资产翻倍，这是我过去10年上了许多课程都找不到的终极答案。透过推演人生得到启发，认识到财富的本质，持续打造财富基本盘，真正体会到顺流致富的人生。

带着这份感动和收获，我会将富而喜悦文化传播到世界更多的角落！

锦囊四：注入渴望

顺流思维的人对目标充满渴望，拥抱变化，平流和逆流思维的人喜欢安逸。

来到第四个锦囊的你，是否已经对第三个锦囊很有感觉了呢？我要告诉你，当感觉越来越强烈的时候，你会产生一种全新的状态——渴望。

渴望是比希望和盼望都多了一分迫切的感受，是让你愿意拼尽全力，愿意百分之百投入，无论付出任何代价也要达到的状态。

我为什么强调要为目标注入渴望呢？

因为放弃实在是太容易了，稍一松懈，强化的感觉就会被惰性占领。只有当你把实现目标视为和溺水时渴望呼吸般同等重要时，奇迹才会发生。

记得我们一位合作伙伴设立目标后，他在某天完成了一个星期才能完成的工作量，这一切的动力源自他非常渴望成为我们的 MCC（Millionaire Coach Club，百万教练俱乐部）预备群的一员，而那天是任务截止的最后一天。

他以为自己不可能达成的目标，在那一天全部都实现了，他说以前总觉得自己已经算得上是同龄人中比较努力和有能力的了，可真的要想在工作上有所突破，还需要放下自己，放低身段去向有能力的人学习，让自己以归零的心态去借鉴他人的成功经验。我想，这一切如果不是以渴望为出发点，恐怕真的很难实现。

人，常常败给惰性和舒适圈，把“明天再说”当作逃避奋斗的拖延之词，古人早就告诉我们“明日复明日，明日何其多”的道理，可有时候我们还是会让自己“今天就算了”。

我进入大学的时候，结识了很多家庭条件非常好的同学；我步入职场之后，也认识了不少为了给孩子创造优越环境非常努力的父母，然而拥有好的条件没有努力读书的孩子大有人在。

我想，一是孩子并没有意识到靠自己的重要性，二是作为父母没有用我分享的前几个锦囊去引导他们。

我有时候想，年少的我在没有人引导的情况下为什么会树立下走出大山和考上大学的目标呢？为什么我与村里和镇里的同学走上了完全不同的人生道路呢？难道仅仅是因为我足够努力和聪明？

当然不是。

永远都有比我努力和聪明的人，这一点我很清楚。我认为自己最终能够咬牙坚持下来，是因为我为自己的目标注入了足够的渴望。我百分之百坚信自己能达成目标，甚至为了实现目标愿意付出任何代价。

正是这种决心和魄力让我比那些比我更聪明的人走得更远，走得更快。

还记得小时候语文课本上有句“山的那边其实还是山”，

我在这句话下面用铅笔画了一条线，写了3个字:“我不信。”

我不信，所以我要去证实；我不信，所以我渴望走出去一探究竟！

渴望是我们每个人与生俱来的品质，它值得被看见、被珍视。

现在，请把你的手放在额头上，跟我一起说：“我有一个渴望的大脑！”

要改变你的行为，先改变你的语言，就从此刻开始！

我还想与你分享一个发生在我身上有点趣味的小故事。

几年前，我从山东坐长途大巴去江苏，刚上高速公路没多久，就有了内急的感觉，我很不好意思地要求司机停下来让我去上厕所，我红着脸问司机：“师傅，请问咱们离服务区有多远？”司机的回答简直让我眼前一黑，他说：“还有30 多公里。”

30 多公里！这就意味着 20—30 分钟无法停车！我哭笑不得，不知道自己能扛多久。

随着时间的流逝，我感到身体在疯狂抗议，一边暗骂自己上车前喝了太多的水，一边抱怨服务区太远，短短几分钟对我来说漫长无比，以至于后来每分钟我就要问一次司机：“到底还有多久？”

这段经历太过惨痛，让我至今想起来还心有余悸。它让我深刻地认识到，在做任何事之前，必须确保身体已经做好万全的准备。

我还记得当时自己连坐都坐不住了，最后 10 分钟的路程，我是站在大巴车门口扶着第一排座位的扶手撑下来的，后来我对自己说："这可能是我体验过的最强烈的渴望了。"

那种感觉就像是有人把你的头按进了水里，你对氧气的需求空前高涨，你拼尽全力想把头伸出水面，脑海中和心里只有这一个目标，任何事情都无法干扰到你。

这就是渴望，是令你每分每秒都集中所有注意力去在意的事情，若你将渴望变成本能，能以这样的觉悟去关注自己人生中的目标，还有什么目标是无法达成的呢?

现在请你想一想，你对自己的未来，40 岁的人生、50 岁的人生、60 岁乃至 70 岁的人生充满渴望吗? 如果没有也没关系，渴望是可以练习的，这就是我给你最有价值的锦囊。

任何人处于一个相对安逸的环境都会缺乏渴望，就像温水里的青蛙一样，它们感知不到水温在一点一点地上升，它们满足于当下的安逸，等它们察觉到周身滚烫之时，已经没有办法再跳出去了。

安逸的环境是很难培养出渴望的感觉的。

我再举一个简单的例子。

如果有两栋 100 层高的大厦 A 和 B，它们间隔 50 米，这个时候在中间用一块 1 米宽的木板连接起两栋大厦，让你通过木板从大厦 A 走到大厦 B 去，你可以得到 1 元，请告诉我你会不会走?

当然不会。但是如果把回报从 1 元增加到 1 万元、100 万元、1000 万元的时候，我相信有人会动摇。

如果现在下雨了，木板踩上去有一点打滑，但是对面放着 100 万元现金，只要走过去就能拿到，2 分钟赚 100 万元，你愿意吗？

这时候，相信原本为了 100 万元坚定通过木板的人，也会开始退缩：脚底打滑啊，万一摔下去，这笔钱有命赚也没命花啊！

我再次更换场景：你从大厦 A 走到大厦 B，对面是你最心爱的人，要求你一分钟内必须通过木板走过去，否则你最心爱的人就会被推下去，你愿意走过去吗？

我相信没有人会不愿意。

这，就是渴望的动能。

当我们为目标注入渴望的时候，只有金钱和物质作为诱饵是远远不够的，只有当我们是为了最心爱的人、最在乎的人、想要保护的人的时候，这种渴望才是刻骨铭心的，才有足够持久的动能，将自己的生死置之度外，在所不惜！

著名实业家稻盛和夫总结自己逆境翻身的秘诀时，曾说到三点关键要素："一是强烈且持续的渴望，二是正向的思维方式，三是利他之心。"

心不唤物，物不至。做任何事情都是一样的，前面的 15% 决定后面的 85%。

在稻盛和夫看来，每个人的心里都有一块磁铁，它可以将我们周围的一切都吸引过来，无论好坏。因此我们的未来发展如何，很大一部分取决于我们内心的渴望。

稻盛和夫白手起家，他在创业过程中经历了很多磨难，但他把自己的一生活成了神话。他 27 岁创办京都陶瓷株式会社（现名京瓷 Kyocera），52 岁创办第二电信（原名 DDI，现名 KDDI，目前在日本为仅次于 NTT 的第二大通信公司）。2009 年，77 岁高龄的稻盛和夫在安度晚年之际，日本航空公司负债 1.5235 万亿日元（约 1220 亿元人民币）宣告破产——日本航空公司不仅是世界第三大航空公司，更是日本的“翅膀”。时任首相鸠山由纪夫登门邀请稻盛和夫出山担任日本航空公司的董事长，稻盛和夫欣然应允，并提出两个条件：一是以零薪水出任日本航空公司 CEO，二是他不带团队去日本航空公司，因为他的公司内部没有人懂航空运输。他用了 424 天的时间， 让日本航空公司做到了三个第一：一个是利润世界第一，一个是准点率世界第一，一个是服务水平世界第一。就算稻盛和夫离开日本航空公司，公司也能继续健康地发展了。2012 年 9 月，日本航空公司在东京证券交易所再次上市，这个史诗级的事件成为稻盛和夫 50 余年经商之道中浓墨重彩的一笔。

他形容自己成功的心法：“即使下班后，我心中仍怀有这种渴望。若是欲望不够强，许多人和事就会如过眼烟云消失在我的身边。”

正因为拥有如此纯粹的渴望，正因为他对这份渴望有着足够的专注，未来才有了指望。

现在，请你再一次将手放在额头上说一遍：“我有一个渴望的大脑！”

为你的目标持续不断地注入足够多的渴望吧！

时空流用户来信
第 08 封

From: 赖翊绮

To：九哥

城市：中国台北　　身份：中医博士

我玩过时空流沙盘后很是喜悦，这到底是一个怎样的游戏，可以把人生的各种状况都包括在内。

在推演时空流沙盘之前，我标签很多，也有渡人渡己的心愿。我用我所学的知识，帮助很多人走出了迷雾，但慢慢地发现连接和持续的热情需要更好的工具来加持，这时我很庆幸推演了时空流沙盘。

推演时空流沙盘重在体会过程，结果无论输赢，都不是最终的答案，而是不断让我去觉察成长，身心不断扩容，达到富而喜悦的状态，让我真正找到人生的幸福之道。

有的人在玩时空流沙盘过程中 16 岁就“猝死”了，似乎跟他在现实生活中一样，过度耗费了精力；有的人什么都不敢去做，缩手缩脚穷困潦倒；有的人游戏和生活中都负债累累，推演过几次时空流沙盘后，最终也就释然了。

他们在玩时空流沙盘的过程中，与时空流教练深入交流，带着问题思考，而我自己也因时空流沙盘走进富而喜悦觉醒营，找到了自己的人生方向。因时空流沙盘游戏，我发现并突破了隐秘的许多卡点，也让我又一次成长。

时空流沙盘激活了我的热情，让已经财富自由的我，开始用它与人连接，借助它走进不同人的内心，用持续的热情帮助他人成长，自己也越活越年轻，生命充满活力。

锦囊五：制订计划

顺流思维的人善于制订计划，让自己的人生一切尽在掌握中，平流和逆流思维的人常常疲于应付各种突发状况。

我们的大脑每天要处理的信息太多了，因此当我们设定目标、强化感觉、注入渴望之后，如果没有与之相匹配的计划来辅助，我们的注意力就会被其他事情所吸引，还有可能完全忘记自己最初的目标，很快产生新的目标，陷入另一种徒劳无功的假勤奋模式当中却不自知。

因此有一个能帮我们区分轻重缓急的计划就显得尤为必要，它能够保证我们最初的目标可以落实到位。

针对时间管理的四象限法则，用在计划的制订上也是行之有效的。

把计划中的事情按照紧急、不紧急、重要、不重要排列组合分成四个象限，它像路线图，指引你在什么时候到达什么地方，处于什么状态。

当它来辅助你制订计划时，你会发现通往目标的路变得越来越清晰，而这种清晰的感觉会带给你力量。

很多人都会根据自己的生活、学习、工作经验，找到属于自己制订计划的方法，即便没有用到任何法则，没有写下来，也一定在脑海中有一个模型。

问题是这当中的大多数人最后都没有执行，抑或将脑海中萌芽的计划刻意忽略掉了，导致所有可能会发生的事情最后不了了之。

我所总结的平流层与逆流层思维的人就是这样。

在我成长的环境中，大人们常说的一句话就是“兵来将挡，水来土掩”。我曾经认为这是一种很豁达的人生态度，但有了自己的认知以后，再反观那些抱持这种态度的人，明白这其实就是一种懒惰——认为计划执行起来实在太辛苦，于是逃避任何会给自己带来压力的事情，到最后碌碌无为。

如果你不想步此后尘，一定要认识到计划有多么重要。

最直观的例子就是中国政府制订的五年计划。

1953 年开始，我国开始执行第一个五年计划，那时候谁也不知道计划能不能成型，未来能不能延续。

1957 年底，在所有人的共同努力下，计划超额完成，国民经济面貌发生了重大变化。

想想看，如果一个国家和地区没有一个整体规划，即便侥幸没有乱套，也一定是停滞不前，不会有任何发展，因为要做的事情太多失去了重点，变得毫无章法。

2021 年，是“十四五”开局之年。五年计划对国家重大建设项目、生产力分布和国民经济等的实现，起到了积极的推动作用并产生深远的影响。

国家需要计划，你也一样需要计划。

计划一旦形成，你就知道在何种情况下要调动哪些资源，而通过这些资源的帮助，能让你更快地达成目标。

我最早拥有比较成熟的关于计划的概念是在学生时代，我意识到自己想要考上目标大学需要去评估自己各科的成绩，制订一个提高分数的计划。在这个提分计划中，我综合了自己以往的考试成绩，重新分配了每天不同科目的学习时间，并且给自己设定了一个时限，即在什么时间各科成绩应该达到多少分，如果没有达到的话要采取怎样的补救措施。

因此我对自己应当先攻克什么难题后解决什么麻烦都很清楚，我用了一年多的时间查漏补缺，把过去所有没重视起来的内容全部重新拾起来。我想，如果没有一个明确的计划，这一切都是不可能实现的。

那时候我最担心的是自己的地理成绩，因为地理并非高考科目，从初中到高一我们都没有学过这门课，什么东经西经、北纬南纬，在我脑海中纵横交错，乱得像一锅粥。

在我觉得最难的时候，我发现地理老师特别胸有成竹。

他有自己的节奏，这个月该让学生掌握什么知识点，下个月又需要什么内容，他有着非常完善的教学计划。他只用了 3 个月的时间，就让我们所有人把从初中到高中的知识点全部掌握了！

那一刻我才明白，是充分的计划让他拥有绝对的自信。

到现在我都非常感谢那位地理老师，他不仅在短时间内让我们的地理成绩有了提升，还鲜活演绎了拥有计划的重要性。

我们回顾自己过去的经历，能够从中总结出很多。比如后来的我认为，若是一件事让你觉得十分困难，不要紧紧盯着最难的那一部分不放，因为这会导致你变得怯懦。

你要做的应该是将最困难的那部分进行拆分，把每一周、每一月、每一年的愿景拆分出来，最后落脚到每一天、每一时、每一刻，这样就能知道自己要如何为目标添砖加瓦了。

就像我建立了富而喜悦平台，我的愿景是将富而喜悦文化带到全世界！这是多么不可思议的目标，看起来是那么遥远，然而当我有了章法，遵照计划循序渐进，结合时空流沙盘以及对时空流教练的培养，投资相关的时空流系列影视短剧、文创产品、多种语言版本的书籍，甚至是富而喜悦线下体验店的开设、举办时空流创业大赛、挑战吉尼斯世界纪录、创作青少年版本的沙盘……时，富而喜悦时空流的影响力、知名度、美誉度一步步扩大，于是它们便不只是个遥远的梦想，因为我正亲历它的成长。

留意一下你身边擅于制订计划和总是把“兵来将挡，水来土掩”挂在嘴边的人，你会发现他们是思维模式完全不一样的人，这也让二者的人生境遇很不相同。

擅于制订计划的人往往拥有顺流思维，平流和逆流思维的人则是得过且过，不相信计划能发挥作用。

请你千万不要忽略对未来的规划，你对未来的思考越长远，你就会变得越富有。

长远思考能帮你制订更加合理的人生计划，计划不仅适用于财富领域，而且也适用于生活的方方面面。

比如在人际关系方面，做长远计划也是明智的。如此一来，你会对他人表现出更多的耐心和尊重，并且会站在双赢的角度去思考问题。

日常生活中我们碰到的一些人，他们在对待你的时候有着明显的功利性——你对他有价值，他就愿意在你身上花时间、花心思，而一旦觉得你没有利用价值了，他就会毫不犹豫地将你一脚踢开。这就是明显的短视思维，这样的人很难交到真心朋友，落难时也很难有人与其守望相助。

相反当你对人际交往有了计划和长远的打算后，你会知道带着功利心交朋友极不可取，你会明白自己在人生的战场上最需要的是怎样的战友，就不会在酒肉朋友身上浪费时间，或是被不重要的人榨干自己的价值。

无论是客户关系，还是朋友关系，都是需要我们长期经营的。如果是短期目标导向的人，对待客户采取的策略都是成交即结束，做一单生意就挣一单的钱，而长期经营者会制订计划，维系好与客户的关系，使其成为终生客户，将来无论做什么生意，都能得到其的支持。

所以请你为自己的人际关系也做一个长远规划，问问自己：我该如何跟我周围的人建立深刻的人际关系？如何与我爱的人建立亲密的关系？

正如有些人在经济上非常贫困一样，有些人在情感上也十分贫困。

不懂爱的人，缺乏耐心和善意的人，无法原谅别人的人，容易生气炸毛的人，都属于在情感上贫困的人。

我们要集中精力实现经济和情感上的双富足，这便是我倡导的富而喜悦，这才是平衡的人生。

从长远的角度去计划你生活的方方面面，那么你收获的将不只是财富。

请你相信，每一个计划都绝对不是为了为难自己而产生的。它是你内心对变得更好的向往和折射，在每一个想要虚度的当下，不妨问问自己的内心，还有没有想要完成的计划。

无须谁来指导，你的内心会告诉你答案。

时空流用户来信
第 09 封

From: 霍晓康

To：九哥

城市：中国太原　　身份：网约车司机

我是一名网约车司机。

我想要给你报个喜，一年前第一次接触时空流的时候，我是一个郁郁寡欢的人，因为不懂财商投资失败让我深陷负债。

在推演时空流沙盘的过程中，我透支精力，做各种副业，游戏结束时不仅没有进入顺流层，还玩出一堆负债。我惊奇地发现跟我的人生一模一样，于是决定去参加财富觉醒训练营。

在觉醒训练营中，我才知道自己是如何负债的：我的自卑让我在做事情时总是想着去证明自己，而不是真正去为他人创造价值，从而使自己的财富基本盘一直不稳。在和金钱的关系上，我在潜意识中一直在抗拒，处在财富金字塔的最底层——红色层级。

学习课程之后，我开始梳理我和金钱的关系，同时因为搞懂了财富报表，花钱的时候再也不会凭感觉，而是从财富报表上看，这笔支出是否该花，应该往哪记。

一个意外收获是我的家庭关系，因为多了觉察，在矛盾还未激化之前，我用顺流回应的方式，心平气和地和家人说话，家人说我像变了个人似的。

通过大量的带盘，我的能力提升很快，甚至还收到了世界500强企业的邀请，为他们做财富力沙盘推演，一天的带盘收入抵得上过去跑一个月网约车的收入，最重要的是我的价值感越来越强。

虽然我还没有完全还清负债，但是我已经走在这条路上了，我对未来充满信心。

锦囊六：快速行动

顺流思维的人看准机会快速行动，平流和逆流思维的人面对机会犹豫不决，错失良机。

第六个锦囊是要告诉你如何拥有快速的行动力和快速行动的思维。

这也是顺流层的一种典型思维模式——他们非常善于快速行动，当瞄准一个目标后会很快做出决定，然后快速执行，而不是像平流层的人那样犹豫不决和瞻前顾后。

我要强调一下，无论你先前学习了什么心想事成的法则，还是修习过什么样的心灵课程，如果没有快速行动起来，就好像一切只是写在沙滩上的字，只要有一个浪打过来，它们就会全部消失。

你想要美好的亲密关系，你想创造更多的财富，你想建立长久且可靠的友情，你想保持身体健康，你想有足够的时间去旅行……如果你只停留在想的层面，没有行动，任何法则都是无的放矢。

我深刻知道行动力的重要性。很多时候，哪怕是一流的计划，如果配合三流的行动力，一样会以失败告终，反过来若是三流的计划配合了一流的行动力，却可能有很棒的结果。

我猜你会说：“谁不知道这个道理！”

的确，懂道理的人比付诸行动的人多了去了！但你有没有探究过这其中的核心原因?

为什么越来越多的人给自己贴上“拖延症”的标签,然后理所当然地变成了行动的矮子呢?其核心原因之一,是大多数人追求完美,总是觉得自己还没有准备好,一定要等准备好了再开始。

你有没有过这样的经历,晚上睡前躺在床上大脑极度兴奋,构思了一幅又一幅宏伟的人生蓝图,一想到自己的人生将会变得不一样就无比亢奋,希望天快点亮起来,好让自己趁着这个劲头行动起来。

但是,当第二天太阳升起时,你从梦中回到了现实,你的脑海中冒出来一个小声音说:“不行,我还没准备好,我现在没有钱,我也没有什么资源,而且我的精力根本不够。”

于是,你就放弃了。

一个完美的计划从产生到破灭,就这么几小时而已。

当没有准备好的时候,你不想开始,因为没有开始,就会一直没准备好。

全世界所有优秀的科技产品及软件系统,都要经历一个开发周期。

这个周期通常需要 3—4 个阶段,其中的初级阶段叫作 Alpha(α)版本,即预览版,或者叫内部测试版,是用来让内部技术人员测试的。第二个阶段是 Beta(β)版本,属于外部测试版,它会修改一些上个阶段的问题,但依然可能存在问题。

这两个阶段在我看来，就是顺流层思维中的大脑内测。

所有拥有顺流思维的人都知道，世界上没有所谓的完美。没有完美的方案，也没有完美的产品，所有的计划和结果都是在持续的优化和迭代当中产生的。

爱迪生在成功发明电灯之前，他可是失败了 1000 多次啊！如果他也觉得因为自己没有准备好就迟迟不行动，还会有未来那个一生拥有 2000 多项发明的超级天才吗?

从现在开始改变你的思维吧！记住：没有完美的方案，也不会有完美的行动，你要做的就是快速开始执行，在行动中调整方案，在奔跑中调整姿势！

想象一下你到一个射击气球赢奖品的小摊上付了钱，商贩给了你一把有 30 发子弹的枪，你准备开始射击气球，气球被打中的数量决定你最后是否能拿到奖品。

现在，我问你一个问题：你认为射击最关键的动作是什么？是瞄准吗?

绝对不是瞄准，而是开枪。

没错就是开枪，因为只有开枪之后才会有反馈，你才能做调整。所以正确的步骤应该是：

射击—瞄准—调整。

你不需要花费那么多的时间去瞄准，先开枪。有的子弹就是用来浪费的，它们是为你后续获得更好的回报做出的必要投资。

浪费的时间、精力以及金钱，都是为了让你最快地意识到亟待调整的关键在哪里。有时候时机远比完美的方案更重要，再好的方案没有落地就没有任何意义。

阻止人们快速行动的第二个原因，是害怕失败。

行动的结果无非两个：成功和失败。

恐惧失败是我们普遍的人性弱点，很难与之抗争。

但是生活中很多事情是没办法逃避的，即便你拖延到最后一天，也没有人替你完成，还是需要你亲自走完所有流程，而往往无路可退时，你会爆发出惊人的创造力，两三个小时就搞定苦思冥想好几天没搞定的方案。

完成之后你大松一口气，给自己一个心理安慰，如果时间宽裕的话，会做得更好！

这种没有完成目标之前的焦虑，只有你自己能体会得到，这是事后安慰也弥补不了的自我否定。

面对这种情况，我最常用的做法就是把自己最想实现的目标喊出来。

记得早年我想做一次分享活动，第一个动作就是把开课通知发出去，第二个动作就是快速把活动场地定下来。

这两件事情一旦敲定，就逼得给自己一个倒计时的期限，在时间截止前不停地行动。

我引入一些外部公共监督以及压力来督促自己，我认为这是一种完成任务非常好的方式。因为当压力产生的时候，你只能往前，没有任何退路。

另外，我还想重新帮你定义一下“失败”。

很多人会鼓励你说别害怕面对失败，而我想传达的理念是，对个人而言没有失败一说。

无论你做什么事，你不是得到结果，就是在做事的过程中获得技能和方法。当你开始拥有这种全新思维的时候，就替换掉从前对失败的认知，你对失败的恐惧会减少，行动力则会大幅增加！

所以，从此刻开始，拥有顺流思维，马上行动！

只要在行动过程中有所收获，那么就没有失败可言。你面对的结果不再是成功、失败二者必居其一，而变成了你想要的和得到你想要的东西需要具备的技能，怎么看结果都是好的。

记住，没有完美的方案，要先开枪之后再调整和瞄准。当你带着这种思维去体验人生时，过程和结果都会给你带来喜悦的感觉。

我在时空流训练营的课程中认识了两个截然不同的伙伴，他们一个是行动派，一个是学术派。

行动派的教练看上去不够沉稳，每次听完课就风风火火跑去当教练，反馈说玩家好像不太喜欢他的风格，有时候是因为他讲话太直白，有时候是因为他忘了某个小规则。我鼓励他不要怕，不要停下实践的脚步，因为我看到他每次反馈之后都能改掉自身的一些小问题，他在实践中获得的成长比课堂上还要深刻。

3 个月的时间，他带了 100 场时空流沙盘推演，有时候一天就能推演 3—4 场，在过程中他不断地发现问题，然后解决问题，到最后成为炉火纯青的极致教练，无法不叫人惊叹。

再看学术派的那位教练，他令我哭笑不得。你说他不够认真吗？不是的，同样的一节课他反反复复可以听数十遍，熟悉到我说上半句他马上能接出下半句，甚至比我还深谙课程背后的理论。

他能做到每天 6 点起床，当我第一个打卡的学生，也能做到洋洋洒洒写一篇非常极致的课堂作业，但他就是不愿意去当教练带盘。他对当教练这件事有些心虚，迟迟迈不出实践的那一步。

这就好比空有一身学问的秀才没有参加科举，谁会知道你有状元之能呢？

况且，不通过实践去检验你学到的知识，你又怎么知道自己真的理解了多少，能在真实生活中运用多少呢？

所以，从今天开始就行动吧！

请把手放在你的额头上说："我是一个行动力十足的人，我拥有超强的行动力！"

然后，请记得把你的目标喊出来，让周围的人都听到！

时空流用户来信
第 10 封

From: 李璐瑶

To：九哥

城市：中国苏州　　身份：行星学博士

时空流沙盘和富而喜悦就像老天送给我的礼物，因为它既能帮我向外观世界，还能帮我向内观人心，而这正是我多年来的兴趣和追求。

高中时期，我因为对哲学和物理学感兴趣，想了解世界运行的本质和规律，决定出国读书，并有幸被美国麻省理工学院录取。

后来，我开始着迷于研究人和人类意识，于是开始了为期7年的脑科学与人工智能结合的商业落地探索。

我还跟随大师学习了多年的潜能心理学，深入了解精神世界和物质世界的互维关系，探索宇宙和人生的本质规律。当我想把所学落地应用，把我多年所学分享给更多人受益时，时空流这个礼物就出现在了我的生命中……

课程跟我的想法一拍即合，又能将我在各个领域学习和体会到的道理融会贯通，又深入浅出地讲出来。

时空流不仅仅是启发人们财富觉醒、与世界各地的人们建立连接的工具，更是一个很有能量的发明，让人能向内觉察自己，改变自己。

时空流的架构真的非常好，帮助我完成了我一直以来想做却没能做到的事！

这半年来时空流给我的生活带来了很大的变化，我突破了自己的财富卡点，升级了圈子，定位了我人生的方向……

我希望带着使命感，借由时空流沙盘发挥无限潜能，为社会创造更大的价值。

锦囊七：检视优化

顺流思维的人定期检视优化自己的行动，平流和逆流思维的人不喜欢花时间总结，觉得是在浪费时间。

关于第七个锦囊，我需要你思考的是，行动之后我们应该做什么？

所有的行动都会带来结果，这是一定的，无非是好坏而已。要想让结果达到你想要的最佳状态，就要不断地做检视。

格拉德威尔在《异类》一书中提出一万小时定律，他认为一万小时的锤炼是任何人从平凡变成世界级大师的必要条件。诚然量变会产生质变，可是如果一个人做了一万次的低效重复，却没有从中进行检视，他是不可能成为某个领域大师级人物的。

一万小时定律的背后包含了不断地进行自我总结和检视，而非单纯地以量取胜。我们只有在不断检视的过程中，才能去优化系统。

在上一个锦囊中，我与你分享了射击的循环过程：

开枪—瞄准—调整；

就是一个不断检视的过程。

古希腊哲学家苏格拉底说过：“未经反省的人生是不值得过的。”

巧合的是差不多在同一时期，我国春秋末年的思想家曾子也曾提出："吾日三省吾身。"

从古至今，人们都意识到了检视的重要性，只不过发展到现代，我们有了一个全新的词，叫作"复盘"。

这个词最初源于股市，指的是股市收盘后再静态地看一遍市场全貌，后来被广泛运用。

复盘的重要性在于，你可以从中找到一些蛛丝马迹，捋出可以持续优化的关键点，进而发觉做得不好的地方，加以调整。

说到这里，我还要与你分享一个名词，叫作"叠加思维"。

当你看到一个人特别努力又辛苦，却没有取得满意的结果时，那么很可能就是缺少了叠加思维。

我所说的叠加来自在每件事情或工作中积累的经验，懂得梳理和记录这种经验的人，一定能够成为某个领域的高手，下一次做类似的事情会驾轻就熟。

其实所有的检视、复盘、叠加思维，对我们每个人来说并不陌生，它不是凭空冒出来的新理论，而是你早就已经用过的方法，只不过是换了个名称而已。

比如我们在学生时代所经历的模拟考试，就是一次次非常好的检视机会，它要你去检视自己的知识学得够不够扎实。

我曾经就是用这样的方法来整理自己的错题集，我会把试卷上丢分的题目归类，哪些是因为粗心，哪些是因为真的没学懂，哪些是遗漏的知识……

一次模拟考试，你若只是追求分数，无疑是痛苦的；你若将它视作检视，便能从中变得更强。

检视让我避免了犯同样的错误，于是我又发明了一个小方法：找一张 A4 纸，画一个坐标轴，然后在上面记录每一次考试的总成绩。当它形成曲线之后，我就能看到自己分数变化的情况，从而更好地帮助自己优化，做出快速行动。

这个方法我沿用至今，甚至在工作中也经常使用。财富觉醒训练营第一期 200 个学员到第八期突破 4500 个学员，和我在招生过程中定期的检视息息相关，检视过后会优化调整策略。

你会在工作、成长过程中做检视吗?

我们团队每周都要做一次检视，每期课程结束之后都要做一次复盘总结。每次的复盘总结优化迭代之后，都会变成下一期的经验，使我们不会再犯上一期的错误。

参加过富而喜悦平台学习的人，对此应该都深有体会，能感受到我们每期都在迭代，各方面都有很大的进步。

我始终认为，一直在吃老本的个人或企业是没有生命力的。

毫无疑问，在家庭中进行检视也是适用的。

记得我跟太太有次受邀参加一个旅行项目的推荐会，当天晚上到达了主办方提供的场地，在一个五星级酒店里，条件和设施都非常好。第二天我们也参加了项目的发布会，整个过程的体验感都很好。它是以会员的形式邀请你加入，整个项目投资 50 万元左右，每年需要 4—5 万元就能出国玩一趟，而且一路上的住行都有品质保证。

当时我们觉得非常划算，没有过多讨论，草草签约后就回去忙各自工作了。

等到半个多月之后，全球疫情开始蔓延，我们这才意识到出国度假的可能性实在是太低了。我和太太商量着要不要把这个项目退掉，她觉得还可以再考虑一下，于是查询了旅行的路线为未来做准备。

不查不知道，一查吓一跳，原来我们办了会员并没有享受到什么便利，反而是选择变少了，只能选指定的项目。再进一步用旅行 app 查询之后得知，我们原来的某度假会所不等于某酒店，所谓的积分兑换价格，比酒店本身的市价还高。

这下，我们一致认为可以退掉了。

然而客服电话打通后，对方告诉我们，5 天的犹豫期已经过了，现在我们不仅不能退回已交款项，而且还必须每个月进行续费，否则即视为违约。

对方很明确地说，合同上一切条款都写得清清楚楚，是我们没有仔细阅读就签字了，他们不需要为此承担任何责任。

对此，我们完全无力反驳。

我回忆起过去的人生中，其实很多签字和按下“我已阅读并同意以上观点”手印的时刻，我都没有认真阅读内容，但是这个项目让我和太太都陷入了“我以为”的迷思当中。

我以为她足够了解这个项目，她以为我认真看过那份合同，我们之间的沟通不及时和对对方的预设造成了这个失误。

吃了哑巴亏之后，我们坐下来聊这件事，取得了一致看法：以后一定要三思而后行，权衡利弊之后再做决策，如果两个人中有谁对事情有看法和意见，都应该表达出来。

这是我们夫妻一起从这件事中反思和总结出来的经验，之后我们在签订任何一份合同前，都会认真读完再决定是否签约。

其实，检视也好，反思也好，复盘也罢，都是为了让我们避免犯同样的错误。塞翁失马，焉知非福。你积累了足够的经验，逻辑和思维会更加清晰，让你从情绪的迷宫中解脱出来，也在接下来的行动中做出正确的决定。

这样的检视是不是很有价值？

人生就是通过一次又一次的检视累积和叠加起来的，然而大多数人一生中都在忙着学知识，却很少刻意去检视自己，我将此概括为 一年级现象。

什么是一年级现象呢？

曾经有一位学员与我分享，她和老公参加了我的体验课程，在听课时发现我讲的很多知识他们都听过，甚至有的听过很多遍，但是他们从来没有把这些知识与自己的生活相结合并运用于实际，一直在读书，一直都在读一年级。这就是我想告诉你的一年级现象。

时空流沙盘的微妙之处在于它给了你一个复盘反思的架构，通过推演去觉察自己，落地运用所学内容，从而帮助一个人高效地翻转人生。

很多人认为自己在不断学知识，但实际上是重复地在读一年级，没有掌握知识的本质和规律，从来都是从外部找答案，并没有向内部探索本质。

为什么很多人一直在读一年级？我想，究其原因，就是在读书过程中没有检视和反思，思维永远停留在原地，得不到提升。

只有你真正开始认真地去做检视、反思，你人生的每一次经历才会变成真正的财富。持续复盘检视，持续总结叠加，你的人生将会越来越顺流。

时空流用户来信
第 11 封

From: 季爱华

To：九哥

城市：中国贵阳　　身份：建筑行业老板

距离第一次推演时空流已经一年的时间了，我自己的生命发生了非常大的改变和翻转。

过去的我，每天都生活在忙碌、焦虑中，我是一名建筑设计师，同时也是一家工程公司的老板，儿女双全，每天被各种各样的社会角色跟义务压得喘不过气来，我人生的字典里充满了各种各样的应该，我应该做个好女儿，我应该做个好老婆，应该做一个好妈妈，应该做一个好老板，虽然活成了人生赢家的样子，却过着名副其实富而痛苦的生活。我拼命努力，想给家人更好的生活、更多的爱，老公却不理解我，觉得我虚伪自私，只是为了成就自己，我不知道为什么生活会变成这个样子！

直到我参加了财富觉醒训练营，终于明白原来我的人生一直都在牺牲和压抑自己，忘记了我们来到地球这个超级游乐场，是为了体验富而喜悦的人生。

我不需要做一个完美无缺，却行尸走肉般麻木的人，我可以选择做回我自己，做回那个曾经充满热情、渴望和快乐的自己，绽放人生。

当我开始勇敢做自己，成为时空流教练后，我的生活每天都在朝着自己期待的样子发展，体验到了富而喜悦的人生！

锦囊八：踩好节奏

顺流思维的人拥有自己的财富韵律和节奏，而平流和逆流思维的人跟着外部节奏到处转。

什么是节奏？

乐理课上老师会告诉我们所有的音乐都有节拍，有 3/4 拍、4/4 拍等，即使没有专业的老师教我们如何区分，我们也能听得出音乐中的节奏感。

我以此举例是想让你知道，其实所有的事物发展都是有节奏的，跟音乐的原理一样。一旦你踩好了节奏和韵律，就能让自己进入事物发展的顺流当中，谱写出一曲美妙的旋律。

节奏和韵律很常见，不信你回忆一下我们学过的唐诗宋词，它们念起来是不是都很有韵律？这些诗词除了文采非常好外，韵律也很好听，读起来朗朗上口。

我们再以舞蹈为例做一思考。当音乐响起的时候，有些人很容易就能跟上节拍，调整自己的身体，随着旋律踩出优美的步伐，无论是独舞，还是有舞伴，抑或广场舞，跟得上节拍的人都能自如地做出好看的动作。

但是一个不会跳舞的人，当节奏响起时，他会遭遇什么情况呢？他一定会时不时地踩到舞伴的脚，跟不上大家的动作，显得格格不入。

我想起自己刚到北京上大学的时候，我们学校有一次举办舞会，我觉得很新奇，就去参加。

我是个不会跳舞的人，但是当时我有一股初生牛犊不怕虎的劲，又想通过这样的集体活动跟老师和同学搞好关系，于是壮着胆子邀请班主任跳了一支舞。

结果可想而知，我虽然在邀请她的时候非常礼貌，但是跳起舞来无数次踩到老师的脚……

大概只跳了两分钟，我就放弃了，我从老师的眼神中看到了她的痛苦和尴尬。我心里很抱歉，因为我不懂跳舞的节奏，不单单给自己带来尴尬，还给别人带去了痛苦。原意是想跟老师搞好关系，结果把人家踩痛了，最后得不偿失。

这不仅仅是简单的不会跳舞的事情，动作可以经由练习学会，节奏却要靠自己去体会。

多年后我发现，再创造自己事业体系的过程中，其实也有韵律和节奏可循，一旦我们掌握了对的节奏，就很容易借势推进，进入事物发展的顺流之中，这时候你只需要用很少的力就可以取得事半功倍的效果。

比如刚开始创业的朋友，无论你要做什么，都需要在初期就找到行业节奏，然后跟随这种节奏，未来你才有机会超越原本的节奏，甚至创造出属于自己的节奏，让其他人来应和你。

还记得当初我开始筹备富而喜悦平台的时候，几乎是从零开始，而随着课程人数渐渐变多，我突然觉得很不错，这就是一个我想要的节奏和韵律。

我踩着这种节奏运行着，每周都会举办分享沙龙，有学员就会报我的课程，随后学员又把课程推荐给身边的亲朋好友，形成了一个稳步增长的节奏。

正当事业循序渐进往上爬升的时候，我想给自己放个假，好好陪伴家人，也想充充电再次起程。于是便和家人出门去旅行了，我也确实得到了很好的调整。

等我回来再投入工作的时候，结果发现原本的节奏被自己亲手打乱了，学员人数大幅度下滑。出去玩了一趟，辛辛苦苦累积起来的势能又得重新开始。

我检视了自己的问题，发现不足之处有二：一是放假时我完全从工作状态中抽离出来，没有回复任何工作信息；二是没有跟我的老客户保持联系。

或许有人会觉得，放假就应该好好休息，不要想工作的事，但事实上当时的工作性质要求我不能完全与之脱节，必须有舍才有得。不能既想彻底放松休息，又想让所有的客户和节奏都在。

短短一个月，再次开始让我觉得困难更胜从前。我要重新去找一找节奏，或是创造一种节奏。

我不知道你能否理解这种寻找节奏的感觉。

当你的事业、你想做的事还没有达到某种惯性状态的时候，你是不能放松的，因为一旦那根弦断了，你就不可能当什么事都没发生续上，就得从头再来。

你有没有看过动车发动瞬间，一开始的时候其实是比较慢的，所以要达到高速时必须拼尽全力，蓄足马力往前冲。

当冲到一定高点的时候，节奏就出现了，比如说速度达到 300 公里的时候，它需要的动力远远没有刚启动时那么多，而且还能匀速行驶，保持这样的速度走下去。

这就是节奏和韵律。

无论是车还是人，找到这个状态后看上去就会很轻松。

然而我们生活中还有一部分人，明明已经进入顺流层，后来却将自己经营得一败涂地，这是为什么呢？

核心的原因是，当他处于各方面都很好的状态时，没有了更大的目标和动力，或者说没有再按照自己的节奏往前走，反而走向了自我毁灭的道路。

你会看到很多人的人生轨迹如潮起潮落，很快攀上高峰又跌落低谷，这一切都源于打乱了自己的节奏。

我有一位朋友，跟我一样是从农村出来的，在城市创业，很快就赚到了自己的第一桶金，拥有了几千万的身家。但是他开始膨胀，去做自己并不懂的金融投资，看到什么项目都想投一投，结果没到一年，赔得血本无归，还欠了一屁股债。

无论是个人还是企业，一定要找到最适合自己的节奏，知道自己何时应该韬光养晦，何时应该开疆拓土。

就像曾经红极一时的 ofo 小黄车，巅峰期被估值 280 亿人民币，然而被捧得有多高，摔得就有多惨。当快速发展的节奏你无法驾驭的时候，就会失控。

好比一辆跑在高速上的汽车，最高限速 120 公里 / 小时，但是当你开到 180 公里 / 小时的时候，确实可以帮你更快地抵达目的地，但是当车速超过你的驾驭范围时，可能还到不了目的地就发生了意外。

所以，要想让自己处在顺流当中，找到自己的韵律和节奏并保持至关重要。一定要沿着稳定的韵律和节奏走，听从你内心的声音，踩好节奏，只有这样，你才能够实现富而喜悦的人生。

时空流用户来信
第 12 封

From: 刘成豪

To：九哥

城市：新加坡　　身份：跨国企业领导管理培训师

我是一名国际培训师，在疫情之前，经常飞到各个国家给跨国企业做内训。可是我的生活却并不尽如人意，投资失败，未婚妻离我而去，疫情导致培训减少，收入锐减。我不知该何去何从。

在这样的状态下，2021 年第一次推演时空流时，先是遇到逆流，踩上失业格子，紧接着又遇到财务问题耗光精力和金钱，后来还踩到失恋 / 离婚的格子，最终一切无法挽救，40 岁时“猝死”。

我惊呆了，这几乎是重演我的人生！带领推演的时空流教练锋铃问我：“成豪，如果你的人生就在这里结束，你甘心吗？愿意吗？如果不愿意，接下来你该怎么做？”

我泪流满面！

从那一刻起，我决定使用时空流，改写我的人生！我参加了15期觉醒营和第25期教练营，将所学运用到我的事业和生活中，不断提升能力、觉察自我，在不到18个月的时间里，成功逆转人生！

疫情之下，我不仅主业收入有转机，还成功拥有了其他收入来源，买了房子，实现了人生的跨越！

锦囊九：把握时机

顺流思维的人善于把握时机，而平流和逆流思维的人往往会错过时机。

2020 年，在第三届全国青年企业家峰会上，马云说："现在是最好的创业时机。"他所说的"时机"，是指"世界面临三个巨大无比的战略性机会：一是数字变革，二是中国强大的内需，三是新一轮的全球化开始"。

为什么要特意强调时机呢？

因为做任何事情都要讲究时机。

就像一年四季当中，人们会选择在春天播种，夏天耕耘，秋天收获，冬天储备。

这是顺应时机的行为，也是自古以来人们遵循的大自然规律。这个道理看似很好理解，可是现实生活中，有平流和逆流思维的人却理解不了。

他们往往在不该播种的时候播种，不该收获的时候收获，于是这样违背时机的行为——没有在正确的时间做正确的事情——便会为他们带来很多本可避免的麻烦。

那么，我们该如何增加对时机的敏感性呢？

你需要去感知周边的环境和当下世界正在发生什么。很多时候，人们埋头苦干，往往只关注自己眼前的一亩三分地，忘记去感知整个社会和时代的发展脉搏。用一个词来形容，就是“闭门造车”。

试想，你关着门沉浸在自己的研究和创造当中，从不向窗外看一眼，等你辛辛苦苦完成了自以为是的“大作”，造出来一辆车，成就感十足地打开门的时候，门外的摩托车、汽车、高铁等呼啸而过，与你间隔了何止一个时代，你会是什么感受?

明明你也很努力，心怀远大抱负，结果是个天大的笑话……

你想要这样的结果吗?

反之，如果你能够和整个社会时代发展的脉搏、韵律、节奏刚好协调一致的话，这对你来说就是最佳时机。

此时，就是该你上场的时候了。

就像足球运动员，整场比赛中并非在踢球，很多时候是一直在寻找时机传球、射门。

那微妙的时刻，或许只是一瞬间，如果你把握不住，那么一切就不可能发生。

时机最早源于战争。

一场战争的输赢往往取决于决策者，而对决策者来说，最关键的就是时机。一旦把握好时机，就可以少胜多、以弱胜强。

拿破仑兵败滑铁卢，就是因为他错用了无能的将军贻误了战机，自己也被流放到小岛上直至死去。

你看，即便拿破仑是 19 世纪法国最伟大的军事家，也要付出贻误战机的代价。

在你过往的人生当中，有没有因贻误了时机导致与成功擦肩而过的关键时刻？后来的你为此做过深刻的反思呢？

没有哪个企业仅靠努力就能获得成功，成功是时代的产物，是综合结果的呈现。

无论是当年把握住中国的代工贸易类电子产品，开始做电脑硬件生产的联想，还是到后来互联网初期搜狐等门户网站的崛起，抑或之后把握住了机会的腾讯、淘宝、阿里巴巴，你会发现它们踩对了时代的节奏。

新冠肺炎疫情导致很多企业走向绝境，但是依然有一些企业把握住了机会，借助互联网成长起来，这其中就包括富而喜悦平台。

时空流逆风增长，我们的用户、教练从中国内地延伸到了新加坡、马来西亚、印度尼西亚、日本、荷兰、德国、法国、英国、美国、加拿大、澳大利亚、新西兰，甚至在南美洲的巴西也有我们的用户！

可想而知，如果我没有把握住这个时机，时空流不会有如今的影响力。

所以，当你发现自己身处逆境，工作没有突破的时候，可能此刻就是个时机！

你要去感知这个时代正在跳动的脉搏和正在发生的转变，找到让自己逆风翻盘的时机。

把握住时机，无论是个人还是企业，它都能助你逆天改命！

时空流用户来信
第 13 封

From: 蔡莉樱

To：九哥

城市：马来西亚八打灵　身份：连锁电商经营者、原时尚杂志总编

我从未想过成为时空流教练后，内心可以变得如此平和喜悦。

自从 2021 年 7 月我先生因脑血管爆裂而突然离开我们后，为了两个孩子和百人团队，我只给了自己一个多星期的疗伤期，就迅速回归了事业中的领导人和母亲的角色。我害怕如果疗伤太久，我会失去重新站起来的力量。

我也以为自己足够坚强。

然而，下一波逆流也跟着来了……团队凝聚力越来越弱，大家的冲劲也渐渐消失。我只是单纯地觉得只要我持续努力做出成绩，他们一定会跟上来！之后才发现，我根本没看到问题的本质，以至于我的收入从表演者一直下滑到幸存者层级……

因为接触了时空流，为了提升自己的觉察力、沟通能力和收入来源（我开始意识到不能把所有鸡蛋放到一个篮子里），我决心报名参加时空流教练营和财富觉醒营，奇迹也随之发生。

我收获了自己都没有察觉到的人生卡点：原来我一直抱着身处逆流的心态，所以不管我多努力，始终处于逆流当中！

透过一次又一次的推演和带盘，结合财富觉醒营讲到的理财本质，我开始正视理财这件事，以前总觉得每周有被动收入就好，不需要去管理财务，这个与鸵鸟又有什么区别呢？

通过在时空流教练营的学习，我不仅赚回了学费，而且将自己从入不敷出的幸存者再次慢慢提升到独奏者。

时空流沙盘的一系列成长架构，让我不再过逼自己坚强然后夜里独自抽泣的日子，让我学会与人沟通，获得前所未有的自信。

最重要的是，让我的价值感不断提升……

锦囊十：做对决定

顺流思维的人在关键时机做对的决定，平流和逆流思维的人在关键时机犹豫不决不敢做决定。

在上一个锦囊中，我想你已经深刻了解了时机的重要性，那么接下来你需要做的就是在时机到来的时候，做出对的决定。

我们一生中总会出现一些关键时机，你能否判断出它的出现，该如何应对，直接影响你能不能进入顺流人生。

有些人即便是碰到了关键时机，依然是麻木的，没有任何感知，因为他们往往被自己的认知、眼界，被自己的小声音局限住了。

还有一些人已经有了一定的知识结构，有了不俗的眼界，能够判断出关键时机已然降临，但是这还不够，因为在面对这个时机的时候，你的反应才是最重要的，这也是我所强调的——做对决定才是最重要的！

请记住，面对机会时，当下的反应会直接决定你的人生。

小学五年级那年，看到同学辍学娶妻生子的我，正是面对一个关键时机，让我意识到自己的生活圈有局限性，让我做出了努力学习的决定。

宇宙让这个同学出现在我面前，给我传递了某种信号，至于如何做出反应，完全取决于自己。

面对这个情境我可以有很多种反应，比如若是我觉得："天哪，同学也太幸福了！他再也不需要写作业，不需要每天来上学，可以娶媳妇，可以自己去赚钱，还有孩子了！我也想要这样的人生啊！"我的人生也许会走向另一种可能。

生活中有很多这样的关键时机，我之前在直播课堂上跟学员分享过，也许当你的网速很慢，没办法顺畅地听课时，你会做出一种选择：不听了！

那么你就不会知道我接下来讲的内容，会不会让你醍醐灌顶，影响你做出某一个决定，随之改变自己的某种境遇。

一切都取决于你当下的决定。

上大学的时候，我是年级的大班长，协助老师管理很多年级工作，有很多优势让我去竞选学生会干部，以优异的成绩和风评毕业，找一份踏实安稳的工作，每个月有六七千元的薪水——这是我当时对自己薪水的预期，那时候我觉得这个数字非常美妙。

但是在无意中我翻开了一本财商启蒙书后，我发现自己的人生道路不只这一条。

我发现在自己面前的选择变多了，或者说从前的我眼里根本没有看到过其他选项。

我灵机一动，做了一个决定：我要把我的脑袋换成一个富人的脑袋。

萌生了这个想法之后，我在财商方面的嗅觉就被开启了，我攒够学费去澳大利亚学习，认识了这辈子对我来说重要的导师和好朋友，彻底翻转了人生，打破了好好读书，毕业后找个好工作的循环。

这些都源自在关键时机做出了对的决定。

很多年前我听过一场时任美国总统肯尼迪的演讲，名为《我们决定登月》。他演讲的当时正处于美苏争霸时期，由于苏联早先就已经成功发射了第一颗人造卫星，美国急于展现自己在空间技术方面的尖端成就，肯尼迪说要在 10 年内实现将人类送上月球，并安全返回地球的壮举。

在当时的人们看来这简直是痴人说梦，他居然夸下海口！他居然把心思动到月球上去了？

虽然后来肯尼迪遇刺身亡，没能亲眼见证这个梦想的实现，但是经过美国国家航天局不懈的努力，真的在 10 年内完成了人类登月计划，而肯尼迪的演讲，也被后人视为阿波罗登月计划奠基的第一铲土。

一个人的命运，一个国家的命运，都是由一个个的关键时机、一次次对的决定串联起来的。

你走过的每一步都算数，或许当下不能马上反映出来，但是一定会在你身上留下痕迹，会影响你未来的路。

就像那个站在荷兰郁金香花园里赏花的我，看到了手机弹出高校学生因裸贷自杀的新闻，我不可能只是当作信息划掉，因为我的认知、我的思考方式、我对待这个世界的态度，促使我成为那个站出来想办法的人。

我想问你一个问题，如果给你一次机会重新过一次自己的人生，你会不会改变过去做过的某些决定？还是会一成不变地照搬过去的决定？不做决定也是一种决定。

我在财富觉醒训练营的课堂问过学员，超过 3/4 的同学回答说“一定会重新做某些决定”，可见大家都意识到了当时的那个决定有着多么重要的影响，而当时的自己有多么不自知或不重视那个决定。

可惜人生没有重来的机会，我们只能在当下为未来做决定。

事实上，人这一辈子，往往只需要在关键时机做对三四个决定就够了。

这三四个决定，会使你的命运发生非常重要的转变。

在我最开始进入商业培训领域的时候，因为业务涉及财富主题，会有各种各样的合作机会找上门来，有一些平台给出的诱惑特别大，他们也很直接，认为我的学员能成为他们的潜在客户，从而带来很棒的商业价值。

这其中不乏当时特别流行的各种 P2P 理财机构，他们做的事就是让用户把钱放在自己的平台，由平台放贷，而用户赚取高额利息——这种利息往往是银行的好几倍。

确实，对于普通投资者来说，有这样的机会真的非常好，因为利息比银行高，而且对方一再保证非常安全。

对于我这样的老师来说，平台也会给很好的收益，金额往往取决于我的学员投资了多少。

我几乎不需要做任何事情，只是动动嘴巴，把对方的产品软性植入我要讲的理财模型中，配套给我的学员就可以了，几乎是躺赢。

换成是你，愿意接受这样的合作吗？能否抵御住这样的诱惑呢？

深思熟虑之后，我拒绝了。

因为从业以来，我有一个很清晰的认知，那就是不同学员的心智层级不一样，风险承受能力不一样。

有的学员想法不成熟，听到有一个好项目，很可能会借钱或贷款也要进行投资，只为赚取差价，因此一旦出了问题，他们根本没有抵御风险的能力，只能背上一身债。

权衡利弊之后，我没有与这样的平台和理财产品合作，事实证明我的决定是对的。

差不多一年后，很多平台暴雷，当初我认识的几个同行老师，就是因为给这些平台背书，导致自己的学员损失惨重，口碑下滑，搞得狼狈不堪。

这件事，让我意识到做决定真的非常重要，不仅是对自己重要，而且对他人同样重要。

自此之后，我在做任何决定之前，都会习惯性地与自己的人生使命、价值观做综合考量和对比，如果我认为这个决定完全符合我未来的发展方向，同时也与我的使命相关联，那么我就会毫不犹豫地做决定，哪怕要花很大的价钱。

就像时空流与天赋源动力的战略合作一样，只要方向是对的，我就不怕过程中的付出。

而当我发现某件事与我的使命和价值观相违背时，即便诱惑再大，我也会做出舍弃的决定。

2019 年底的时候，新冠肺炎疫情暴发，很多线下活动被迫取消。我记得很清楚，公司在全国多个城市开展线下课的战略计划被迫按下了暂停键，很多已经报名交了学费的学员无法上课，一旦退款公司将面临无法给员工发工资，最终破产倒闭的局面。

这个时候，我做了人生中的一个重要决定——将课程转型到线上。

我开启了人生的第一场直播，从面对镜头有些不自然，到大大方方敞开去分享，这对我来说是一个很大的突破。

我一边完成线上课程的交付，一边找直播的感觉。有两三个月的时间，我每天做 3—4 场直播，也因为这个重要的决定，我带着公司迅速实现了转型，把用户做到了全球 20 多个国家和地区，让大家在云端也能学习。

这比从前的线下课程省去了不知多少麻烦——不需要经历舟车劳顿，不需要离开家庭，只要有网络，打开手机就能学知识，甚至我们还创造了线上课程比线下课程体验和连接更深的整个架构和方式。

2020 年下半年，我看新闻里播报，有很多企业因疫情而倒闭的时候，我深感自己当时做出的这个决定是多么明智。

因为做了这个决定，加上快速行动，我们在疫情中蹚出了一条路子，并且不断优化，由我们的时空流教练，借由我们的经验和路径，把富而喜悦的文化带向全世界。

时空流用户来信
第 14 封

From：梁莉

To：九哥

城市：中国广东　　身份：创业者

我出生在四川的一座大山里，从小就渴望走出去帮助更多的人，成为一名英语老师。我从事教育培训6年，一路走来顺风顺水，在24岁贷款买了我人生中的第一套房，25岁买了第一辆车。在我满怀期待迎接我的26岁时，上天给了我一个大大的考验。

2019年底一个投资机会来到我的面前，因为内心的渴望与贪婪，我没有做太多思考分析就贷款投资了。可是没想到2020年的疫情来得那么突然，我不仅失业了，而且刚投资的项目也亏损。由于没有签订合同，最后一分钱也没有拿回来。一时之间我掉进了财务黑洞，房贷、车贷和投资贷款扑面而来，催债电话接连不断，我整个人都崩溃了。我从以前活泼开朗到情绪失控，差点抑郁想不开，这可能就是绝望的感受吧。

很庆幸在我最难熬迷失方向的时候结缘时空流，在时空流教练带领我第一次推演沙盘时，我就喜欢上了它。在沙盘推演中我看到了逆流中迷失挣扎的自己，它像一束光照亮了我，指引着我前进的方向。

在参加了财富觉醒营后，认识到我在财富金字塔的红色层级。我找到了深陷逆流的根源，不断做出调整修正，从人生绝望到开始有了更多的选择。

我将学到的富而喜悦架构运用到生活中，短短半年时间，我的能力、人脉、财富迅速滚动起来，并成立了自己的公司，开启了创业之路。

由于过去给自己设置了太多局限，让我一直处于内耗的状态，是时空流沙盘让我找回自己，现在的我活成了自己喜欢的样子。

当我再次回看逆流的时候，我觉得这是上天给予我的最大恩典。它就像经过包装的礼物，需要我去打开才能看到里面的美好，谢谢时空流沙盘给了我打开这份礼物的勇气！

锦囊十一：吸引贵人

顺流思维的人用使命愿景吸引人，平流和逆流思维的人用利益吸引人。

当你完成前十个锦囊的内容时，其实你的梦想已经在稳步实现的过程当中了，但如果此时的你能够学会如何吸引自己人生中的贵人，得到贵人的帮助，就能事半功倍！

从古至今，几乎所有取得伟大成就的人，关键时刻都得到了贵人的帮助，甚至因为这些帮助，使人生有了决定性的转折。可以说，如果没有这些贵人的存在，他们的人生可能会走向另外一个方向。

比如全球著名的投资商巴菲特，人们大都听说过他神话般的个人成就和财富，知道那个天价的巴菲特午餐，但不是每个人都知道在他的生命中有一位叫查理·芒格的贵人。

查理·芒格是巴菲特的黄金搭档，有“最后的秘密武器”之称，他们联手创造了有史以来最优秀的投资纪录——股票价格从 19 美元升至 84487 美元。

查理·芒格实在是太低调了，但你若是去研究巴菲特致富的秘密，绝对无法绕开这位贵人。巴菲特曾说：“他（芒格）用思想的力量，拓展了我的视野，让我以非同寻常的速度，从猩猩进化到人类。否则，我会比现在贫穷很多。”

你能理解一位贵人的存在到底有多么神奇吗？

你可能会问我："九哥，你在财富的本质那一部分中不是分享过跟人脉相关的内容吗，贵人跟人脉有什么不同呢？"

是的，贵人跟人脉完全不一样。人脉是帮助过你的人，而贵人是那些在你事业发展过程中能够帮你逆转命运、逆风翻盘的关键角色，是能够助你一臂之力的人。

这样的人，你要做的就是吸引他。

如何去吸引呢？

我想告诉你，即便是一个没什么能力的人，即便是一个没办法帮助别人的人，也是可以吸引到贵人的。

首先，找到你人生的使命。

曾经有学员对我抱怨："九哥，找到我人生的使命有什么意义啊？使命又不能当饭吃！"

我回答："你还真是说对了，使命它不是用来当饭吃的，它是让你活出人生的意义和价值的。"

贵人也不是那些你付钱之后来帮助你的人，而是那些看到了你的使命，看到了你为自己的使命做出的努力，看到你发自内心想让这个世界因为你的存在变得有所不同，才会出现并愿意支持和帮助你的人。

请让我以《西游记》为例来进一步向你说明。

请问，你觉得唐僧厉不厉害？

想想看他有什么技能？念经算不算呢？除了观音菩萨教给他的紧箍咒，好像也没别的本事，对不对？

唐僧既不会斩妖除魔，也没有火眼金睛，更不可能翻个跟头十万八千里，但是哪怕知道自己要经历九九八十一难，他依然踏上了漫漫长路，就是因为他知道自己的人生使命——去西天求取真经，不论路途有多艰险，他找到了此生最重要的意义，所以上路了。这便是我认为他最厉害的地方。

那么他遇到贵人吗？当然！

如来佛祖是他的贵人，观音菩萨是他的贵人，孙悟空是他的贵人，猪八戒、沙和尚甚至白龙马——所有这些在西行过程中助他一臂之力的人，都是他的贵人。

他可没有给孙悟空开工资，没有许诺猪八戒可以升官发财，更没有答应沙僧取经回来后在流沙河边给他建一座河景别墅，那么这些人为什么要无怨无悔地跟着他一路前行呢？

即便前期的孙悟空看不上唐僧，即便那时的猪八戒也心心念念要回高老庄，但是后来都死心塌地护着唐僧，皆因他的使命将所有人都凝聚在了一起。

他们知道自己在做一件非常伟大、非常有意义的事情，因此义无反顾。

这，便是我要告诉你吸引贵人的最好方式——找到自己的使命。

你的使命到底是什么，有没有为自己的使命规划一个宏伟的愿景和蓝图？

当你将这些都思考清楚之后，贵人自然会出现。

时空流沙盘中，开始推演前会将指南针放置在梦想上，如果你仔细观察，就会看到指南针上有“使命”两个字。使命它不是口号，而是你真正找到自己或者组织存在的意义和价值，并把它分享给大众，自然会有认同你的人来支持你。

很多企业家会陷入一种迷思，比如对员工许诺：“只要跟着我干，你们有车有房有佳人！”

但是以利诱人，因财而聚，同样会因财而散，钱财和利益从来都不是凝聚人心的首选。

最昂贵的应该是你的那颗发心。

富而喜悦为什么会发展得这么快?

这完全得益于我和团队开了一个战略会议，一致同意我们的企业存在的价值和意义是：“启发人们活出富而喜悦的生命状态。”我们的愿景是:“将富而喜悦文化带到全世界！”因为这个改变，使命拓宽，愿景宏大，我们开始吸引越来越多的人参与进来。

很多人参与进来并非为了赚钱，他们甚至早已实现了财务自由，他们是被宏大的愿景、使命所吸引而加入，启发人们活出富而喜悦生命状态。

这就是吸引贵人的方式!

我曾经面试过一位事业伙伴，一位拥有 20 多年工作经验的心灵导师，他当时所说的话言犹在耳，让我十分感动。他说：“九哥，遇到你之前我的目标是希望影响到 1000 万人，帮助 1000 万人找到喜悦的自己，遇到你之后，我发现我们的愿景是那么相似，我们可以携手让这个数字呈几何式增长！”

现在，你知道吸引贵人的秘密在哪里了吗？

同样地，如果你找到这样拥有宏大使命和愿景的人，你也可以成为他的贵人。暂时没有找到自己的使命也不要紧，无须自卑，从他人的使命中发现价值与意义，大家联合起来，一样能成就意义非凡的事业！

这也是我想跟你分享的第二个维度——不仅要吸引贵人，而且还要成为别人的贵人。

让你身边的人通过认识你、了解你、接触你，有所启发，使他们的命运发生翻转，你便成了他们的贵人。

就像你正在阅读的这本书一样，我希望它也会成为你的“贵人”，这也是我写这本书最重要的目的。我希望这些锦囊能在你的现实生活中发挥作用，每当你遇到问题时，打开它，如果其中的一句话、一个章节能够对你有一丝启发，那就实现了我写本书的目的。

这就是贵人最大的价值。

时空流用户来信 第 15 封

From: 阿旺显奉

To：九哥

城市：中国深圳　　身份：连续创业者

我是一名连续创业者，我的公司曾参加过 2008 年北京奥运火炬传递某个城市的彩烟燃放工程，还服务过国家级经贸博览会，客户主要以政府部门及世界 500 强等当地头部企业为主。

公司发展进入瓶颈期后，因为幻想一夜暴富，开始盲目投资股票、期货、贵金属、比特币等，最后导致投资亏损，最后负债近千万。

通过时空流训练营的学习，我发现自己一直都是在关注负债，意识到自己是一切的转换器，同时也意识到，过往的负债是因为自己的基本盘不够稳健。现在的我，通过时空流，每个月有了持续的收入，虽然还未还清债务，但我对未来充满信心。我坚信逆流必有恩典，也终将因持续的觉察和改变而东山再起！

感谢时空流，我们终将因为一些小小的努力和改变，向阳而生，逆风翻盘。

锦囊十二：预演人生

顺流思维的人通过预演人生增强抵御风险的能力，平流和逆流思维的人过一天算一天。

当你打开了第十二个锦囊时，我为你感到骄傲，相信阅读至此，你已经比很多人更能了解如何过上富而喜悦的人生了。

如果你不只是阅读，甚至已经把先前的内容带到生活中去见习过的话，此刻的你一定有更多的感触。我希望你能试着去组织一场关于这本书的读书会，带着你的朋友去真实演练书里的每个章节,直到完全将它消化为你生命中的一部分。

我要分享给你的第十二个锦囊是预演人生。

为什么有的人一直很努力却很难进入顺流层，而有些人轻轻松松就赚到了钱，看上去毫不费力就实现了财富自由?

其实这一切都来源于他们都曾做过一个非常重要的动作，就是预演人生。

预演也叫预先推演，指的是在你要制定某个战略或计划前，需要先做推演，以便帮助你规避在实践过程中有可能出现的瑕疵，帮你找出计划中不够完美的部分。

这个方法早在中国古代行军打仗时就已运用，将领用沙盘推演把两军交战的情况模拟出来，从地形、地貌到人员部署，全都浓缩在沙盘中。

这样一来，不仅能站在宏观角度统揽全局，利用好地形优势，还能推测出敌军的行军方向和埋伏点。更有甚者，还能借由这种方式去模拟时间节点，使战略计划更加完善，让战争胜利的概率大幅度提高。

史载最早的沙盘是东汉时期出现的，发明人是伏波将军马援。成语“大器晚成”及“马革裹尸”均来自他，但很少有人知道他是军事沙盘鼻祖。

建武五年（29），光武帝刘秀率兵亲征，行至漆县（今陕西彬州市），因地势险要，犹豫不决，不知是否要继续进军。这时，侦查过前方状况的马援觐见，他用大米堆积成山川，将道路分布讲给刘秀听，让刘秀了解了陇西地势，并分析了两军优劣。刘秀了解局势之后，命大军发起进攻，最终取得了战争的胜利。

经此一役，“堆米为山”的沙盘就在军事领域一骑绝尘，再难有其他分析战局的方法能出其右，之后几乎所有的行军打仗中都会用到它。

今天，随着商业经济的发展，沙盘模拟也被运用到了现代企业经营与管理中，借此检验公司的战略规划是否正确、可行等。

该如何将其运用到我们的人生中去做预演呢？

我们从出生到离开这个世界，大部分人其实都是过一天算一天，遇到什么问题就解决什么问题，即“兵来将挡，水来土掩”，很少有人会为自己的人生去做预演。

但如果这个机会出现了，你能去模拟自己未来的人生中可能发生的事情，提前让自己的心灵、身体、情绪都有所感知，提前经历各种有可能出现的起起伏伏，那么你对自己的人生是不是会更有主动权？

就像消防演习一样，让你了解应对紧急状况的流程，这就是我创作时空流沙盘的目的所在，我希望给自己也给所有人一个机会，借由沙盘去模拟、推演自己 20—60 岁的人生，将从中得到的启发和智慧带回生活中。

在时空流沙盘中，我们会经历结婚、生子、失业、创业、离婚、破产，也可能遭遇疾病，或面临股灾，体验真实人生所有可能面临的喜怒哀乐。当我们经历得越多时，觉知能力就会越强，应对危机的能力也会越强。

有意思的是我的大学毕业论文写的就是体验式学习，我做了大量的调查研究，发现最好的学习方式就是身体力行——将自己全方位投入学习情境中，学习的效果才会更好。

体验式学习的理论依据主要是辩证唯物主义认识论，该理论认为实践是认识的基础，主张在实践中获得真知，在实践中增长才干，“从战争中学习战争”。

它的基本公式是：

实践一认识一实践。

成功动机说是体验式教学的心理学依据。自 20 世纪 30 年代 H. A. Murray 提出成就需要概念以来，成就动机一直是人们感兴趣的课题。

许多教育心理学家认为，获得成功的心理过程包括认识过程、情绪过程和意志过程，同时认为品格、意志等非智力因素的优化，是学习内驱力的重要来源。建构主义学习理论是体验式教学的教育学依据。建构主义学习理论强调学生对知识的主动探索、主动发现和对所学知识意义的主动构建。正是这些理论，支撑着体验式教学理念的形成和发展。

美国凯斯西储大学维德罕管理学院的组织行为学教授、《体验式学习》一书的作者——大卫·库伯在 1971 年对学习风格分类进行了研究，并在约翰·杜威和库尔特·勒温研究的基础上提出了经验学习模式，即经验学习圈理论模型和体验式学习理论。20 世纪 80 年代初提出了体验式学习理论。他构建了一个体验式学习模型——体验学习圈：活动体验→发表分享→反思→理论→实际应用→活动体验，依次循环。

体验式学习模型——体验学习圈

他认为，有效的学习应从体验开始，进而发表看法，然后进行反思，再总结形成理论，最后将理论运用于实践。这个理论已经成为很多培训模式和学习方式的核心理论，包括体验式培训。体验式学习理论对设计和开发终身学习模式有着深刻的影响，同时对企业如何转变为学习型组织也提供了有益的启示。西方很多管理者认为，这种强调做中学的体验式学习，能够将学习者掌握的知识、潜能真正发挥出来，是提高工作效率的有效学习模式

时空流沙盘推演就是一种体验式学习方式，全程需要你投入两个小时，快速感受人生 40 年的变化。

它与市面上已有的模拟人生类型游戏的不同之处在于，里面蕴藏了财富的五大元素，同时代入感强，反映出你本身性格特质的地方也多。

正如有的人在现实生活中就不太顾忌自己的身体健康一样，在沙盘中可能会面临因精力匮乏而“猝死”的现象；有的人生活中把钱看得很重，那么通过推演也能窥探到此人是否在嗅到金钱的味道时会变得贪婪。

然而并不是说在沙盘中表现不佳的人，在生活中一定有很大的问题，实际上它真正的作用是作为一个检验的工具，让你发现问题，并提示你去解决问题，去稳扎稳打地积累自己的基本盘。

这才是时空流沙盘推演的意义。

很多人经由推演，实现了人生的重大转变。

我印象很深刻的是一位学员 12 岁的儿子，通过推演发现了自己拥有写作天赋，开始创作小说，数学和语文成绩也都有了大幅度的提高。

小朋友经由沙盘推演，不仅帮助自己提升了逆商——即拥有了面对逆境时良好的心态和解决办法，还因为推演时需要计算自己的投资回报，不停地进行复盘写作和分享，整体思维比同龄孩子上升了不止一个维度。

又因为孩子能感到沙盘推演的乐趣，比单纯学习要快乐很多，实现了家长寓教于乐的目的。

迄今为止，我所知道的小朋友关于沙盘的体验，无一不对学习和性格产生了正面影响，这让我倍感欣慰！

青少年时期是培养孩子价值观和道德品质最关键的时期，如果能在这个时候帮孩子塑造正向的思维方式，树立良好的金钱观念，将关乎孩子一生。

为了支持孩子们找到自己成长的驱动力，在时空流的基础上，我又创作了另外一款针对青少年的沙盘——富而喜悦启跑线。这款沙盘能帮助孩子们去探寻成长的本质和规律，找到自己的学习内驱力，模拟从出生到 20 岁的黄金 20 年。里面也蕴藏了关于成长的五大元素，在起跑线引导师的带领下，帮助孩子启发觉察，找到自己内驱力的同时，学会处理生活中挑战的思路。

事实上，预先推演不仅是一种方法，更是一种思维。

生活中每当需要我做出重要决策时，我一定会借由推演去权衡利弊，同时还会带着团队去做推演。通过这样的方式，提前准备好应急预案，以便在事情发展中出现特殊状况时能游刃有余地解决。

你可以说，这都是因为我们此前没有遇到过这样的逆流，因此没有相应的经验。

那么经历之后，你是否就有了提前做准备的觉悟？

我曾经历过一次公司新旧系统转型升级的过程，发生了一些特别有意思的事情。

当时，公司发展迅猛，旧有的运作模式已经无法支撑业务的爆发式增长。面对这种情况，你会怎样处理呢？

要转型升级，不是一件简单的事，因为牵一发而动全身，任何时候，改革都是艰难的。

而我面临的情况是，一旦选择转型升级，就必须接受损失眼前可观的收益，痛苦吗？是的！毋庸置疑！

但是从长远来看，改革是为未来更大的发展做准备，因此这个痛苦的过程也是要必须经历的。

要转型，但绝不能盲目调整，怎么办？

只能去做推演。

当时，我带着项目组预先构想了在整个转型升级过程中会遇到的情况，无论是系统层面、用户服务层面，还是涉及的其他任何层面，我们讨论了各种可能性，把它一一罗列出来，还把每个关键节点都标识了出来。目标明确之后，我们就能针对具体问题制定解决方案。

但是，该如何根据具体问题制定解决方案和行动步骤呢?

我是怎么做的呢?

我带着方案去找每个领域的专家，与他们探讨解决问题的最佳方法。

为什么说这个过程最令我痛苦呢?

因为近半年的时间里，我不停地经历着提出方案，然后被否定这样的过程。这个过程就像进入时空轮回的游戏里一样，循环往复，方案被一次次否定，再重新做心理建设，去寻找好的解决方法。因为不解决问题，就无法前进。现在想不出对策，未来依然会被这些问题绊住脚步。

这段被推翻又重建的磨砺经历，让我坚定了一种信念，那就是任何问题都能找到最恰当的解决方案。

方案被推翻并不意味着不好，它意味着还有更好的方案。

这个信念对我来说极其重要。

在我的意识深处，开始接受了方案被推翻的事实，我甚至希望当自己提出一个方案时，能够被人推翻和反驳。这样一来，我就能优化自己的想法，再去寻找最优解，直到没有人能推翻我的观点，这样我就找到了最合适的!

当然，这是件很难的事情。

这应该算是公司转型之路上，我意外形成的意识。

后来经过一段时间的打磨和论证，我们的转型升级方案问世，如我预期一样得到了很好的市场反应。我想，如果没有提前对各种问题的预演，是不会那么顺利的。

一次次的预演，是让我们从多维度去思考问题，因为单一视角是没有办法考虑到所有可能性的，很多项目胎死腹中的原因就在于此。

现在，你理解了预演的重要性吗?

你的人生有预演吗，你的人生有 B 计划、C 计划，甚至是 D 计划吗?

如果一个人能尽早开始对自己的人生进行预演，就会尽早开启自己的觉察，提升自己的心智。

如果一个人能将预演的思维深入内里，变成习惯性的思维方式，变成自己生命的一部分，那么人生成功的概率就会大幅度提高。

去预演吧！一次次完善自己的方案，一次次进行反馈，无限接近你想要的目标！

时空流用户来信
第 16 封

From: 杨惠卿

To: 九哥

城市：中国台北　　身份：科技产业身心领域从业人员

今日的我，成了把负债变为手上有新房子和现金流的人了，整个人变得更加自信，还结交了一些合作伙伴，重点是认清了这个世界和人的关系，看清了自己的障碍，把 20 多年学习的身心觉察，真实带入生活中，也学到了商业经验知识。当脑袋懂得越多时，才能知道资源如何运用。

我在科技业待了 23 年，像机器人一样生活。虽然当时研究身心领域，但没有真实落地演练，没有真正活出自在的生活。

2016 年没做好规划就离开职场，2017 年掏空老本，2019 年身陷焦虑恐慌不知道该怎么办。2020 年遇上时空流，成为一名教练。

这段时间的学习，让我感受到金银翅膀在身上的感觉，我实现了带着时空流沙盘去国际知名的公司进行大场推演，而且还是两次活动的总教练。

2022 年 9 月我把原本负债的房产卖了，重新买了房子，手头有了现金，内心安定，对 2023 年的新生活充满期待。我知道，这一切都来自对时空流的学习、觉察和推演。

时空流让我重新勇敢面对逆境，不是没方法、没选择，而是在对的时机学会放下，重新选择，小逆境很快就会过去。

锦囊十三：玩得开心

顺流思维的人认为地球是个游乐场，要玩得开心，平流和逆流思维的人认为吃苦才是人生。

请诚实地回答我，看到这个锦囊的标题你的第一反应是什么？有没有觉得玩得开心居然也需要锦囊？

是的，这就是我颠覆你思维很重要的一部分。

提到玩，我们难免会把它与不学无术、游手好闲联系起来，这无形中就是一种评判。

我所说的玩，是一个人的生命状态。

请跟我一起做一个想象，无论你现在身在何处，你正无限升高，俯视你的住所，所在社区、城市，穿越云彩，向上飘，你离开了大气层，来到外太空，来到浩瀚的星河当中……

在高倍望远镜的支持下，你能看得到地球上的高山流水、丛林瀑布、飞禽走兽，还能看得到四季更迭……

我再来问你，此时的地球，像不像一个巨大的游乐场？

有了这种视角之后，请继续思考，如果我们来地球这个游乐场玩耍时，应该以什么样的心态走完这趟生命旅程？

是不是很多困扰已久的问题，很多莫须有的压力，全部消失，让你松了一口气？

我并非要你找到一种心灵慰藉，也不是煲鸡汤给你喝，事实上，我是这样想的——我们每个人都是地球游乐场的玩家。

不同的人玩着不同的游戏罢了。

有人玩着痛苦的游戏，有人玩着失恋的游戏，有人玩着欺骗的游戏，还有人玩着负债的游戏……

无论此时此刻的你处在什么样的环境中，顺流还是逆流，本质上大家都一样，只是在这个游乐场里面体验不同的游戏而已。

差别是你周围的玩家不一样，大家的游戏规则有所不同，有的游戏你喜欢，有的游戏你不喜欢。

建立了这个游戏思维之后，你会发现你的格局变大了。

很多身处高位的人总是在强调格局，但是到底什么才是大格局，怎样才能拥有大的格局？

现在你有了。当你把地球当作游乐场，就已经拥有了大格局。这时你回看自己过往的人生，会得到完全不一样的认知。

甚至在你展望未来时，也会眺望到完全不一样的风景。

欢迎你来到新世界。

欢迎你将自己清零，重新为自己构建一个新的内心秩序。

我将会一直在旁协助你在这趟新的旅程中玩得开心！

我要带着你再思考，当你第一时间降临到这个游乐场时，你会是什么样的状态？

你一定有很多期许！

你想大展身手，想把各种有趣的项目都体验一次，对不对？

可是随着时间的推移，你长大了，走着走着你忘记了自己的初心。或许你在这个游乐场里经历了不愉快的事情，又或许你想体验某个项目时被阻止了，并且有人向你投来了异样的眼光，有人对你不屑一顾，这些都会发生。

而且很有可能，它们就来自你的父母、亲友……

因为这些阻挠，你放弃了一种又一种尝试。

比如当你看着电视里唱唱跳跳的歌手时，幻想着自己也能站上大舞台，用歌声打动人心，可是这时响起一个声音，说：“你不行，你音调不准，你音色难听。”

于是，你放弃了。

这样的事情发生的次数多了，你放弃的游乐项目也就越来越多，渐渐地你就忘记了自己身处游乐场，原先色彩斑斓、灯火辉煌的世界变得压抑和黑暗，你从喧闹的人群中逃开，躲进一个无人问津的小角落，默默舔舐伤口。

这时候我希望你记得自己来到地球的目的和意义，记得你是想尽情地去玩。

世界上有多少人生来就有才华和天赋呢？太少了。

可我们依然能靠后天玩出精彩，培养自己的能力，呈现自己最极致的一面！

去看看窗外的小鸟吧！

每天天不亮的时候，它们就站在枝头鸣叫。小鸟从来不会觉得自己唱歌不好听，它只是想尽情地歌唱，你能从中感受到快乐吗？

去看看雨过天晴后钻出泥土的嫩芽，它们不会说话无法表达，可是为什么人类还是能从中读取出它们成长的喜悦和欢欣？

当你浑身上下每一个细胞都充满喜悦，当你愿意让自己全身心地去享受每一天、每一时、每一分、每一秒时，你才能意识到，人生这一趟，你不是来受苦的，没有人要求你必须吃得苦中苦！

这时候，你自然而然地拥有了顺流思维。

人生来不是遭罪的，你本该从每一件事当中寻找到获得快乐的方法。如果你自己找不到，那就进入一些高能量的圈子，让环境帮你找到。

只有这样，来到地球，你才会不虚此行，没有白走这一趟。

当你成为能够把握当下、尽情去绽放自己的人，才是真正会玩的人。

一个会玩的人可以从玩的过程中获得能量，一个会玩的人可以从每一件小事当中获得乐趣。玩商高，是一个人幸福的象征。

曾经有个亿万富豪，因为太有钱了，各种我们常人意想不到的麻烦接踵而至，他一点也没有觉得自己的快乐大于痛苦，他于是决定去旅行，找到治愈自己的办法。

他来到了非洲，看到贫民窟里两个衣衫褴褛的小孩光着小屁股在泥里打滚，笑啊，闹啊，是发自内心的快乐和喜悦。他没有觉得他们幸福，反而觉得可怜，因为他的孩子玩具堆积如山，可这两个孩子只能在泥里面打滚。富豪觉得他们这么穷还这么快乐，他们的人生真是好悲催。他们根本不知道现在的快乐是多么不值一提，他们根本不知道长大以后要受多少苦。

请问，已经拥有了第十三个锦囊的你，能判断出谁的人生才是可悲的吗？

对，是那位富豪。

他没有从自己拥有的东西中获得快乐，他根本不知道人生中最宝贵的财富究竟是什么，他永远无法从一树一花、一颦一笑中得到内心的丰盈与喜悦，他才是最可悲的。

为什么这么说呢？

因为他或许找到了自己的使命和愿景，却没有与之协调的价值观。

这个世界上有很多行业会给你带来财富，但为什么有一些赚钱方式让人不开心呢？

因为跟你的价值观不吻合。

当你必须说一些不想说的话，应付一些不想应付的人，处理一些不想处理的关系时，自然无法快乐。

请反思一下，你现在所从事的行业，为之奋斗的事业，让你觉得违心和不快乐吗？

用这样的方式，即使挣到了钱，你也只是实现了富有，没有喜悦，如同那位富豪一样。

与之相应，即使你建立了一个帮助其他人的平台，若无法从中获得收益，同样不能持续太长时间，因为财务状况会随时把你拉到深渊里去。

这就是为什么我要将富而喜悦的平台设计成这样的架构和商业模式，对于富而喜悦的理念来说，赚钱永远不是排第一位的，排在第一位的叫作价值贡献，同时我希望来到富而喜悦的人可以玩得开心。因此我们成立了富而喜悦文艺团，这里面有很多有才华的歌手、舞者、作曲家、指挥家、导演、画家。我们一起玩音乐，一起学舞蹈。我们成立了富而喜悦合唱团，让普通人通过加入合唱团来实现自己更多的可能性。

在文艺团玩得开心的同时，我们已经创作了 10 多首原创歌曲，这些歌曲跟你平常听到的流行歌曲最大的区别是关注人的成长，每一个音符都直击灵魂。

玩得开心，可以解放人的天性，让人更好地发挥潜能。现在开始，从你的工作中寻找乐趣吧。

我希望你能尝试去寻找自己的快乐，并且尝试用这样快乐的状态去面对你的人生，找到自己的价值和使命

最后，请跟着我默念：地球本身就是个游乐场，最重要的是要玩得开心！

时空流用户来信
第 17 封

From: 欧佳（林婉叡）

To：九哥

城市：荷兰海牙　　身份：企业主

财务自由的我，通过一次又一次的时空流沙盘推演，发现时空流沙盘的设计不只对财商思维演练有正面的力量，而且可以深挖玩家的人性。不仅如此，我的人生品质从富而痛苦翻转成富而喜悦。

我身在荷兰，1996 年开始投资房产，2012 年创办旅行社，这让我实现了财务自由：出入开奔驰，住别墅，每年最少度假两次。但我不快乐，旅行社的压力让我喘不过气，拼命赚钱的后果是，我的身体出现了问题。

第一次玩时空流，就像我真实的人生，一直有赚钱的机会，但 50 岁就“猝死”，这让我吓了一大跳。本来因疫情，旅游生意惨淡，心灵因为没有收入而空虚。玩了时空流后，顿时让我找到了人生的方向。玩了一次沙盘，我很快就决定参加财富觉醒训练营。

每玩一次时空流，都让我有不同的人生觉察，过不同的人生，我每次都沉浸在各种潜在的合作谈判的喜悦中。

一个月后，我开始带盘。玩家因为我的带盘，财商思维扩容。他们对我表示感谢，会让我开心好久。

时空流让我喜悦，我相信我的下半生，会坐着豪华邮轮，召集一群同频的人，一起富而喜悦地去环游世界。

第六章
财富回流

打造畅通无阻的财富管道

中医有个说法叫“痛则不通，通则不痛”，大意是说一个人的身体疾病或疼痛，是由于经络或血液循环不通畅导致的，只要把阻塞清理掉，把症结打通，那么我们的身体自然就会通畅舒服。

我为什么要从这个中医理论讲起呢?

因为财富回流与我们每个人的生命状态都是一致的，一旦遇到阻塞，那么就无法实现循环，而不能循环的时候，我们的人生就好像是被卡住了，无法向前推进。

生活中你有这样被卡住的感觉吗?

就是那种做什么事都觉得好像推不动，自己的能力发挥不出来的感觉。你明明很有才华，还有很棒的专业能力和大把资源，但就是不知道为什么，做事时候却总是找不到方法。

更糟糕的是，你明知有问题，却找不到它在哪里，导致情绪愈发焦虑。

这时候，就是中医所说的那种“痛则不通，通则不痛”，现在你是不是更有一些感觉了?

曾经风靡全球的电影《阿凡达》有两个场景让我印象深刻，主人公去驯服自己的坐骑时，把自己的辫子跟飞龙的一个触角连接上，就产生了心灵感应；另外一个场景是那棵生命之树相当于一个中间渠道，连接了整个潘多拉星球的万事万物。

在物理学中，分子由原子构成，原子通过一定的作用力，以一定的次序和排列方式结合成分子。

原子再往下分，就是电子和原子核；原子核又可以分出质子和中子，再分成更小的夸克；在夸克的后面，还有亚夸克。

如果存在这样一个眼镜，可以持续把人放大，一直进入微观世界，我们能够看到原子层面，看到原子核和电子，你会发现一切都是震动，它们都在运动，彼此纠缠，就像宏观世界的宇宙行星，大家彼此牵引，受到引力场的影响。

我们其实跟万事万物都有连接，每个人都是非常重要的转化器，是连接世界最核心的元素。

原子结构示意图

你若能发挥好这个连接作用，将人、事、物都连起来，所有的一切都会推进得非常顺畅。

看到这里，请你停一下，去感受一下周围的环境，花草树木也好，飞鸟鱼虫也好，你能感受到自己跟它们的连接吗？

如果你拥有很好的感受力，可以尽情去体会；如果你没有切实的感觉也不要紧，当你阅读完接下来的内容，就能明白你与它们的连接。

此时此刻，请你倾听自己的呼吸。

深深地吸气，再慢慢地吐气，闭上眼睛再重复一次。

当你把全部的注意力都放在呼吸上面时，你是否感受到了自己与空气的连接？

我来问你，你吸入肺腑的氧气是由谁来创造的？

或许你已经找到了答案——它们来源于你目力所及的花草树木，它们正无声又无息地拼命释放氧气。

而你呼出的二氧化碳又被周围的植物吸收，进行光合作用后，产生新的氧气释放出来。这个小小的循环是最伟大的生命过程，是你我得以存活的仰仗。

现在，你感受到自己跟世界的连接了吗？

而你与周遭植物之间的循环，远不止存在于这一呼一吸之间。

我们享用的食物，我们居住的楼宇，我们用来蔽体的衣物，等等，这一切我们都离不开。

你感受到这个超大的能量循环了吗？

如果在这个循环体系中，其中一部分出现了问题，比如草木要生长繁殖，需要授粉，少了一阵风，少了蜜蜂，少了循环中的这些“小角色”，都可能导致授粉失败，继而产生影响。

轻则一片区域变得杂草丛生，重则整个地球成为荒芜之地。

想通了这其中的关节，当你再去观察蜜蜂采蜜这个稀松平常的现象的时候，你就能感受到大自然的奇妙之处了。

你看那小小的蜜蜂扇动着翅膀，为花授粉，然后整个世界因此变得生机勃勃……

这样的事例不胜枚举，如果你有心，就会发现这庞大的地球、浩瀚的宇宙都是循环系统，而一旦一个微小的地方被卡住，就会像多米诺骨牌一样轰然倒塌，很多东西将不复存在。

最近几年，各种极端天气的出现，北极冰川融化、高温天气、河流干涸、亚马孙森林正在消失等，这些现象的发生可能只是我们开车出门这个细小行为的累积。

带着这样的觉察和认知，我想你就能理解我所说的，你就是一个管道了吧！

各种各样的能量都经由你传递给周围的人、事、物，如果你将自己这个管道打造得足够通畅，你的生命将会变得极其通透，你的人生会有翻天覆地的变化。

那么如何将自己变得更加通透呢？尤其是如何在财富这个领域更加通透呢？

做一个纯粹的给予者

要成为活得通透的人，首先你需要成为一个纯粹的给予者。

什么是纯粹的给予者呢?

回忆一下，在你过往的人生中，有没有真正地去给过别人某些东西，我指的是物质层面以外的东西，你有没有通过其他维度去给予别人呢?

在我曾经咨询过的案例中有这么一位学员，他告诉我说:“九哥，我经常帮助别人啊，不只是爸爸妈妈和家人，还有朋友和同事，但我觉得这个世界上好人没好报，我帮助了那么多人，到头来我是那个受伤害最深的人……”

我了解到，他明明有着很好的发心，一直在帮助别人，却常常因为得不到想要的回报而生气和郁闷，这让他处于逆流中。

当时我回答他说:“你没有理解什么是纯粹的给予者。”

要成为一个纯粹的给予者，你需要发自内心地去帮助别人，希望别人好，希望周围的人、事、物都变好。

这是一种非常纯粹的念头，它不只投向你的亲朋好友，这份善意同样需要给予你的竞争对手，甚至是你的敌人。

你知道这样做的力量有多大吗? 它不掺杂任何其他念

头，只要你将这个念头持续叠加，它就会带来山呼海啸般的力量，这种力量由你带给周围的人，最后还会回流到你的身上。

但如果你掺杂了其他的念头，你的给予就不纯粹了。

就好比生活中有这样一种人：看上去对某个人非常好，似乎各方面都能为别人着想，实际上是因为那人是他的领导，释放出的善意皆因有所图，皆因功利心。

带着这样的杂念对人好的时候，这种给予就不纯粹。

相反若一个人能对人一视同仁，这样的给予才会获得无穷的力量。

一个人无条件地支持和帮助与自己没有任何关系的陌生人时——无论是物质上的帮助还是言语上的支持——所能够获得的幸福感都是最大的！

这时候我们的大脑会分泌多巴胺，向整个身体传递快乐的信息，使我们的幸福指数急速上升。

2017 年，我和妻子苓馨去印度的哥印拜陀做萨古鲁内在工程课程的志愿者。

哥印拜陀是印度南部一个非常偏远的城市，我们下了飞机还需要一个小时的车程才能到达维吉尼瑞山下的 ISHA 中心。

我们一路奔波，不辞辛劳，赶上了一个大型活动，叫大湿婆之夜。

在活动这天，很多学习瑜伽的人聚集到 ISHA 中心，他们拉家带口，还会带一些没有学习过瑜伽但是很感兴趣的人来，我们在一起共同庆祝了一天！

人们当天早上赶来，第二天早上离开，通宵庆祝，而我很荣幸被分配一份非常重要的工作——奉食。

光是这样一个给大家盛饭的简单动作，我们就进行了半天培训。

我要把每位前来打饭的人当作萨古鲁一样去尊敬，要让食物承载最真挚的奉献精神。

当用心去体会那种感觉时，我发现自己的状态完全不一样了。

活动那天有近 50 万人来吃饭，你能想象那种场面吗？盛饭的桶要用起重机搬运，黑压压的人群朝我们涌来，从早到晚我只休息了半个小时，其余的时间一直站着为大家盛饭，可我一点也不觉得辛苦，只觉得内心无比充盈。

后来我的太太苓馨也来协助我，我们一起配合，恨不得长出三头六臂。

现在回想起来，我的内心依然感到非常富足和喜悦。

我们没有因身体的疲惫而懈怠，脸上挂着灿烂的笑容，享受着无条件支持和奉献的快乐。

我面对素昧平生，或许此生只见过一面的陌生人，心里想的只是尽我所能去帮助他们。

很多人目光中透着渴望，等待我手中那一顿餐食，那一刻我甚至感觉不到自己的存在，我是老天的助手，这些人中有我，我中有他们，那是一种非常纯粹而又奇妙的感觉，会让你完全沉浸其中，一丝杂念也没有。

当你用这样的心态去帮助他人的时候，你快乐且纯粹！

我相信每个人在亲历和尝试之后，都会喜欢上这种感觉。这是一种纯粹的给予，不需要任何回报和附加条件。

请你将手放在胸前，和我一起说："我是一名纯粹的给予者！"

纯粹的给予，会给自己带来很大的快乐，因为你选择了无私地利他！

做一个纯粹的接受者

当你做一个纯粹的给予者时，你会觉得很快乐，但只是做纯粹的给予者，并不能使你成为一个完整的连接器。

作为万事万物的连接器和能量中转站，你需要同时做到给予和接受。

那么，如何让自己成为一个纯粹的接受者呢？

接受是为了更好地给予，在没有接受到任何东西的情况下，是没办法输出的。

大多数人是很糟糕的接受者，当有好运或好事来到的时候，他们的第一反应是怀疑和惶恐，"为什么是我""我还不够好""对我好的人是不是有什么别的目的和想法"等，百般纠结之后拒绝了他人的善意。

如果你也有这样的感受，或时不时地冒出这样的想法，请你调整自己的思维，将自己转变成接受者模式。

记得我第一次去北京逛长安街的时候，突然很想去洗手间，但是整条街放眼望去都没有公共厕所的影子，只有富丽堂皇的饭店、餐厅……

无奈之下，我一路憋着坐地铁回到学校去上厕所。

其实我知道很多餐厅和酒店的洗手间对外开放，可以使用，但我缺乏勇气和那种值得感。

我不敢推开北京饭店的门向工作人员借用洗手间，因为我觉得自己没有资格。我认为自己消费不起那样的餐厅，因此不该进去，我怕让自己难堪。简单来说，就是3个字：“我不配！”

不知道你有没有这样的经历：路过商场橱窗，看到很多昂贵的品牌，但是因为口袋里没有足够的钱，连走进店里看一眼、摸一下的勇气都没有。

有这种心态的人，跟我不敢借用厕所是一样的，我们都不是纯粹的接受者。

这其实就是一种逆流思维，有逆流思维的人觉得自己不配，平流思维的人接受是为了证明或者炫耀，顺流思维的人会觉得这就是自己应该享受到的，没有其他附加条件。

我们会觉得自己不值得，觉得自己很廉价，觉得自己配不上一切昂贵的东西。

当我意识到自己有这样的心态是不对的时候，我及时做出了调整。

我不断鼓励自己："我是值得的，我是很昂贵的。"然后，我发现世界在我眼中发生了翻天覆地的变化。

多年以后，当我再次踏上长安街时，同样内急，而且非常巧的是我离北京饭店不远，所不同的是，这次我大大方方地走进了北京饭店，替多年前的自己问道："请问洗手间在哪里？"得到了服务人员非常礼貌的回应。

从前种种预设，都是我不配这种心理给自己造成的假象。

这世上所有的配不配，都是我们用惯性思维给自己的一种捆绑。

关于接受者的体验，其实不是个例，它发生在很多人身上。

受传统文化影响，我们在很小的时候就会形成一种思维方式，类似于"必须做到何等成绩，才能享受相应的待遇"，一旦我们觉得自己没有达到世俗定义的标准，却意外获得好运时，整个人就会坐立不安，会有意无意地去抗拒。

我想让你知道的是，宇宙万物遵循着大自然的法则，那就是每个个体、每一棵树木、每一株小草，都要成为纯粹的接受者，然后才能获得最好的资源。只有个体都变好了，这个世界才能够变得更好。

你看看森林里的哪棵树、哪株小草，不是在拼命汲取阳光雨露去成长？如果新生的嫩芽总是在想：我不该拥有这么多阳光，我不配享受甘甜的雨露，它会长成参天大树吗？它会成为自然界中独一无二的风景吗？

所以也请你去做一个纯粹的接受者吧！

当好运和奇迹降临在你身上的时候，请你张开双臂去迎接，并且反复告诉自己："我是一个极致的接受者！"

请将你的手放在胸前，和我一起说："我是一个极致的接受者！"

一旦你拥有了能够敞开胸怀拥抱周围人、事、物，拥抱大自然赐予你奇迹的能力后，你将会变得越来越丰富，而当你越来越丰富之时，你也将成为更纯粹的给予者。

无论是给予者，还是接受者，我都希望你是纯粹的，全身心地沉浸在角色中。

做接受者的时候，不要想着一定得回报些什么；做给予者的时候，大大方方地去付出！有朋友请你吃饭，不必思考下次该你回请，而你请朋友吃饭，也不需要惦记他什么时候回请。

把自己当作一名快递员，先接受，再输出，在这其中感受能量的流动和与人连接的喜悦。

若你总是不接受，你的快递业务就会每况愈下。同样地，只收不送出去，很快就会爆仓。只有保持施与受的通畅，这个过程才会为我们创造价值。

施与受同样有福。

心怀感激

我想你已经认识到了做个纯粹的接受者和纯粹的给予者非常重要，但是做起来还是会有困难，对不对?

这一节我要给你一个心法，帮助你实践起来更加容易一些。

这个心法的关键词就是“心怀感激”。

无论是接受还是给予，在你行动时一定要心怀感激。

有些人的物质条件非常优渥，他们在帮助别人的时候会不自觉地流露出一种居高临下的表情。

当你居高临下的时候，你会觉得没自己不行，哪怕你确实提供了实际的帮助，可你已经不是纯粹的给予者了。

只有当你心怀感激，感激生命给了你能力和机会去帮助别人的时候，你才能抛开杂念变得纯粹。

心怀感激会给你一种神奇的体验，让你意识到自己跟周遭的万事万物仿佛已融为一体，你帮助他们，其实就是在帮自己。

心怀感激会让你心甘情愿地帮助他人，不会期待回报，不在意自己的付出被看到。

心怀感激会让你自如地接受比你弱势的人给予你的帮助，因为生命是平等的，你应该接受来自另一个生命释放的善意。

我还记得，结婚的时候带太太苓馨回到老家，母亲封了一个几千元的红包给她。母亲没有工作，没有收入，一辈子以务农和开一个小卖部维持生计，和父亲一起养育了3个孩子。作为儿子，我完全可以让母亲留下这笔钱，把日子过得好一些，可是我没有那样做。

我跟妻子说一定要收下这个红包，钱多钱少不是重点，是要让母亲感到自己的价值，感受到她付出的爱没有被拒绝，这才是重点。我们可以通过其他方式把钱再回流给母亲。我们在城市买了房子后，把父母接过来居住，给他们买营养品，虽然不经常陪伴在身边，但是我们会通过不同的方式来回流他们给予我们的爱和支持。

当你心怀感激地接受了别人的善意后，对方一定是能感应得到的，也会因自己的给予获得快乐，何乐而不为呢？而当你去回馈的时候，就是纯粹的给予，不要抱有任何期待和条件。

相信我，**心怀感激会帮助你打通自己作为给予者和接受者的卡点，让你实现从前很难做到的心态转变。**

从今天开始，心怀感激去给予和接受吧！

这样一来，流向你的一切——善意也好，财富也罢，又会通过你流向其他人。我们的通道就会越来越通畅，而你接受和承载财富的容器也会随之越来越大，生命也会发生质的飞跃！

发现奇迹

你希望财富如潮水般地向你涌来，又借由你去福泽更多的人吗?

如果你希望的话，你需要让自己拥有发现奇迹和感受奇迹的能力。

当你实现了成为纯粹的接受者和给予者，将自己的生命通道打通，感受到能量和财富的流动后，你会发现身边的一切正完美发生，越来越多的奇迹和美好的事情会出现在你的身上。

如果到现在你还抱持怀疑的态度说:“九哥，我周围都是些司空见惯的平常事，并没有能称得上奇迹的事情啊! ”

那么我想你没能做到心怀感激。

就像此刻你察觉不到自己的心脏在跳动，感知不到自己的血液在循环一样，可它们正实实在在地运作着，这就是发生在你身上的奇迹啊!

你活着，在看这段文字，这本身就是一个奇迹。

当你越来越能感知自身的存在时就是一个奇迹，更多奇迹会如潮水般向你涌来，更多你未曾留意的不可思议之事将会发生。

小小的种子长成美丽的鲜花是奇迹，周围某个人的一句话给了你启发是奇迹，此时此刻拿着这本书与我心灵相通是奇迹，你看，你每天都在享受奇迹的眷顾。

世界上每天都有奇迹发生，去感受奇迹吧，它会让你的财富之门大开。

请你在接下来的一个月中，每天写下三件发生在你生命中你认为神奇的事情。

这会加强你对生活的感知，增强你对世界的感受力。

请允许我再次感叹，从第一章到本书的全部内容，这本身就是个奇迹。

这个奇迹让我们之间产生了连接，你知道了财富公式可以被浓缩在一个沙盘中，地球是一个巨大的游乐场，是不是一件很有趣的事呢？

那个几十年前在遥远山村里望着大山幻想，经历了一次次懵懂的觉察和下定决心改变自己的小孩，将自己的经历与感悟写成了这样一本书，呈现在你面前，毫无保留地与你分享他生命中遇到的奇迹，这，算不算奇迹？

在阅读本书的过程中，你了解了我过去的种种，知道了我为什么会变成今天的样子，了解了我关于人生和财富的思考，你发现了原来地球上还有这样一个生命，他曾陷入逆流，又走出逆流，这，算不算奇迹？

奇迹无处不在。

就像我与你并不相识，但是因为你读完了这本书，我想对你表达我深深的感恩和感激。谢谢你给了我这个机会，让我们有这样一段彼此心灵交流的旅程。

谢谢你的阅读，我相信在今后的人生当中，我们一定有缘相见。

祝福你拥有富而喜悦的人生！

时空流用户来信
第 18 封

From: 尹柏然

To：九哥

城市：中国南京　　身份：儿童教育培训

3 年前我是 6 家培训机构的老板，新冠疫情让我身陷逆流，千万级的负债压得我喘不过气来。

与时空流沙盘相遇是在 2021 年 2 月，当时的我为了让剩下的校区能够活下去，含泪关闭了苏州校区。那时正是我最低谷的时候，面对未来的恐惧让我看不到一丝希望。

是时空流推演让我重新认识了逆流，鼓起了我找到面对逆境的勇气，并且在后续财富觉醒训练营和时空流教练营的课程学习中，我应用新的认知重新优化公司运营，在疫情防控期间照搬富而喜悦平台的在线会议架构，取得了良好的效果。

逆流本身就是我们自己不能适应环境导致的，身处逆流既要解决当下的问题，又要寻找突破口，仅靠自己固有的思维几乎不可能翻身。感恩遇见时空流，让我放下恐惧，走出逆流。

我也感谢支持我的朋友和自己，如果没有当初的相遇，我真的不知道这3年能不能扛得过来。

在我自己逆转人生的过程中，我感受到了富而喜悦平台带给我的改变。

2023年，走出逆流之余，我希望能够把富而喜悦的文化传递给更多的人，让身外逆流的人们在顺流层相聚。

后　记

很荣幸，你翻到了这一页。

谢谢你抽出宝贵的时间，来阅读这本书，正如开篇序中所说，这本书不是要跟你分享道理和知识，只是我个人成长过程中的一些心得和体悟。

地球就是一个超级游乐场，每个来到这个游乐场的人，都扮演着不同的角色，但是目的都只有一个——富而喜悦。

无论你此刻正经历什么，如果你把它看成一场游戏，就会把焦点放在如何调整自己闯关成功上。这 13 个锦囊相当于帮你闯关更顺利的策略工具。

你不妨尝试一下，如果对你有帮助，记得把它分享出去。带着开放的心态，度过每一天。

如果对你有所启发，那是我最大的荣幸。

期待听到你觉醒的故事，也邀请你来财富觉醒训练营，和来自世界各地的朋友一起做同学。

祝你富而喜悦，人生顺意。

唐乾九